講談社文庫

舞台

西 加奈子

講談社

舞台

ニューヨーク市には、マンハッタン、ブルックリン、クイーンズ、ブロンクス、スタテンアイランドの5つの区があり、マンハッタン以外はアウターボロ（outer borough）と呼ばれる。

おもな観光スポットはマンハッタンに集中しているため、旅行者にとってのニューヨークはマンハッタンを指すことが多い。本書ではマンハッタンを中心としたニューヨークを紹介する。


パンまずい。

声に出しそうになった。

出したところで、日本語が通じるはずもないのだが、パンをかじったこのタイミング、この表情での呟きだと、さすがに理解されてしまう気がした。

葉太《ようた》は、不自然にならない程度に周囲を見まわした。右隣のテーブルでは、髭を生やしたプエルトリコ系の男が、ひとりで黄色っぽいスープをすすっていて、左斜め前のテーブルでは、白髪の男がこちらに背を向け、新聞を読んでいる。誰も葉太を見ていなかった。

平日、朝九時を過ぎたところだ。何度かチャレンジしてみたが、Ｗｉ‐Ｆｉは通じない。「なんとかＤＩＮＥＲ」、というこの店はブロックの南東の角に面していて明るい。「燦燦《さんさん》」といった雰囲気の中、客のまばらなこの風景が、だから余計に、葉太の孤独をあおった。

眼鏡をかけた金髪のウエイトレスが、コーヒーのポットを持ちながら、テーブルの間を歩いてくる。客が少ないからだろうか、ぶらぶらしてるから飲みたいとき言ってよね、というようなラフさはない。まるで空間の微細な間違いを正すように、真剣に、カップの空きを狙っている。

目を合わさないように、葉太は顔を伏せた。Ｗｉ‐Ｆｉが通じているフリをして、スマートフォンを見る。あのウエイトレスは、「程よい」という状態を知らないのかもしれない。カップにほんの僅かでも空きがあると、日本酒を注ぐがごとく、なみなみと入れてくるのだ。葉太は、カップを持ち、口にもっていった。飲まない。まずいからだ。まだあるぞ、という意思表示のためである。

ウエイトレスは、葉太の隣を、ゆっくりと通り過ぎて行った。背中も、殺気立っている。その熱量を、コーヒーを美味《うま》く淹れる方向にもっていってくれ。葉太は心から思った。

パンだってコーヒーだって、発明したのは違う国なのに、日本のものが一番美味いのではないだろうか。食パンは、ことにすばらしい。純白で、ふわふわしていて、ちぎった瞬間から、もう美味い。葉太は、普段の癖で、またコーヒーをすった。

コーヒーまずい。

声に出しそうになった。

便器もだ。発明した国は、ただ発明しっぱなしで、いつまでも、排便排尿した後流れる、というだけの機能に胡坐《あぐら》をかいている。なのに当の便器たちは、「俺たちが最初」の自負があるからだろうか、水洗ですから、しかも座れますから、と偉そうな顔をしているように思う。一方日本のウォシュレットは、立派な機能がついているにもかかわらず、「いや所詮二番煎じなもので」と、あくまで謙虚な佇まいだ。

電話、車、アニメ、発明されたのは違う国だが、日本が明らかに進化させているものを、葉太がひとつひとつ挙げていると、

「COFFEE?」

先ほどのウエイトレスが、なんと、背後から現れた。もう一周したのか、それとも、初めから、葉太のカップを狙っていたのか。

女は、タチウオや秋刀魚《さんま》や、とにかく鋭い顔の魚に似ていた。骨格がしっかりとしていて、眼鏡を、耳ではなく頬骨で支えている。唇の下に、大きな丸いピアス、目が異様に充血している。

急だったのでひるみ、葉太は、ほうん、と、曖昧なことを言ってしまった。だからまた、「なみなみ」とやられた。女は僅かにうなずき、去って行った。

ため息をついて、葉太はフォークを握り直した。なるべく勇ましい様子を意識しながら、本格的に朝食を食べ始める。

全部まずい。

声に出しそうになった。

アメリカンブレックファストというものは、何だ、馬鹿なのか。

12ドルもするのに、オムレツは焼きすぎているし、具であるじゃがいもや玉ねぎやピーマンを炒めたのが、オムレツの外にも山のように盛られているのは、どういうことか。余ったからちょっと盛ってみました、という量ではないし、そもそもつけ合せの量でもない。プレートの中で、主役であるはずの卵が、完全に脇役に甘んじている。

　選ぶ店を間違えたのかもしれない。

だが、何ブロックも歩き、究極の空腹を抱えた葉太は、もうこうなったらなんでもいい、パンとコーヒーがあればそれでいい、そう思ったのだった。そして、何らかの啓示のように、この店を発見したのだった。

　その葉太をして、まずいと言わしめる、この「なんとかＤＩＮＥＲ」のクオリティの低さたるや。ましてここは、ブロードウエイ沿い、人が行き交う賑々しい場所だ。恐らく家賃も高いだろう。それでこの体たらくでは、先が思いやられる。アメリカ人は、朝食に重きを置かないのだろうか。

　葉太は、炊きたてのご飯、とろりと柔らかめに焼いた卵焼き、綺麗な賽《さい》の目に切られた豆腐の味噌汁、そんなものを思い出した。そして、冷えたアメリカンブレックファスト12ドルの、なんと自分を絶望させることかと、ため息をついた。

　例えば女の家に泊まりに行くときも、葉太が一番重きを置くのは、朝食だった。旅館のクオリティを朝食ではかるように、女が出してくれる朝食によって、葉太は、この子はいい子だとか、可愛いけどあんまりだ、などと、ジャッジをくだしてきた。

たとえ一晩の関係だったとしても、ああ、この子とこのような関係になって良かった、そう思えるのは、昨晩と今朝の顔が全く違っても、体毛が異様に濃くても、美味《おい》しい朝食を出してくれる女だった。

凝っていなくてもいいのだ。トーストとバター、それに新鮮なサラダ的なものを出してくれれば、それでいい。朝ごはんをきちんと食べているという背景が見えたら、それだけで可愛い。パンを焼く、レタスをちぎる、トマトを切る、そういった作業の痕跡にぐっとくるのだ。

逆に、どれほど容姿が優れた女でも、安っぽいシリアルに牛乳を乱暴にかけ、はい、と渡されたら幻滅する。または、いつも朝食べないんだよね、などと言って近くのコンビニまで膝の出たスエットでのうのうと出かけ、野菜ジュースやコーヒーならまだしも、よりによっていちごミルクを選んだりすると、葉太は、心の中で、ほとんど激怒する。関係を持っておいてなんだが、こいつは股がゆるいんだ！　だまされた！　そう思うのだ。

現在、葉太は、また違う意味で、だまされたと思っている。

そもそもこの「なんとかＤＩＮＥＲ」に入ったのは、空腹で朦朧《もうろう》としながら近くを通りかかったとき、中から警官がふたり、コーヒーとサンドウィッチを持ちながら出てきたからだった。NYPDと書かれた紺色の制服を着たその男たちは、白人と黒人、屈強で、巨大な尻がきゅっとあがっていて、いかにも「アメリカの警官」だった。

葉太は、ここだ、と思った。

何が「ここだ」だ！

そもそも、アメリカ人にとってコーヒーは水みたいなものだと、聞いていたのだ。スタバに入るのが一番安全だとも、聞いていたのだ。

窓の外に目をやると、あるある、スタバがある。斜め前に、きちんとある。しかもFREE Wi-Fiである。その文字が、輝いて見える。

結局自分は、ニューヨークに来て浮かれていたのだ。葉太は目を瞑《つむ》った。

パンとコーヒーがあればなんでもいいと心から思った自分に、スタバは完璧な店舗だったはずなのに、それを避けたのは、「せっかくニューヨークに来たのだから」「らしい」という、観光客特有の興奮があったからだ。一食たりとも損をしたくない、「らしい」食事がしたい。そんな貧乏くさい気負いが、あったからなのだ。葉太は羞恥で、きゃっと、声をあげそうになった。

視線を感じて顔を上げると、葉太の目の前に、男が座っていた。病的に細い、黒いシャツを着た東南アジア系の男だ。アシンメトリーの髪型、左耳にだけつけたエメラルドのピアスが、鈍く光っている。

「COFFEE?」

女が、またやってきた。今度は、堂々と前から歩いてきた。葉太のカップにはまだ、大量のコーヒーが入っていて、ウエイトレスの目はやはり、はっきりと血走っている。

葉太は、不安になった。

もしかして、これは京都でいう「ぶぶ漬けいかがどす」というようなことなのだろうか。

ぶぶ漬けとは、お茶漬けのことである。京都人が人を家に呼び、もてなした後、「ぶぶ漬けいかがどす」と言ったら、「もう帰ってくれ」の意思表示であるらしい。そんなことを知らず、「ぶぶ漬けって何ですか、ああ、お茶漬け。嬉しいなぁ、いただきます。」などと言えば、京都の人間から、あいつは図々しい馬鹿だと、レッテルを貼られるのだ。その話を聞いたとき、なんて恐ろしいシステムなのだと、葉太は震え上がったものだった。

これも、そうなのだろうか。なみなみと入ったコーヒーカップに、コーヒーを注ぎ足そうとするのは、「もう帰ってくれ」の、意思表示なのだろうか。さっと食べて席を立つべきアメリカンブレックファストなるものを、ダラダラと食べ続ける東洋人の男を、図々しい馬鹿だと、思っているのだろうか。

葉太は、ちらりと周囲を見回した。スープの男も、新聞の男も、まだそこにいて、動く気配はなかった。それでも、葉太は会計をした。あのふたりは常連かもしれないと思ったからだ。彼らは許されるが、自分は許されないことがある可能性を、拭いきれない。同じように金を払っている客だという主張は、「常連」システムの前では、通用しないのだ。

チップをどうするかは、先客を見て頭に入れておいた。料金にチップ分を足して支払うのが一般的だが、この店では皆、釣りをもらった後、テーブルに1ドル札を置いて席を立っていた。

葉太はポケットから、チップ用に細かくしておいた1ドル札を取り出した。目の前の男の、テーブルの上に置いた左手の小指に、銀色の指輪が光っている。何かの文字が彫られているが、見えなかった。葉太は折れ曲がった1ドル札を置いて、立ち上がった。

全部まずいアメリカンブレックファスト12ドルに、チップが1ドル。高い。日本が恋しかったが、ともかくやり遂げたのだ。達成感も、強かった。日本に戻ったときに、すごくまずい朝食を、ローカルの店で食っちゃってさあ、そう話が出来ることが、ささやかな慰めだった。

葉太は最後に、あの殺気立ったウエイトレスを見た。そして、彼女がこちらを見ていないことを確認してから、店を出た。

世界中から観光客やビジネス客が集まるニューヨーク。部屋数が10程度のプチホテルから2000を超える大型ホテル、エコノミーなものから超高級まで選択肢が多い。自分の旅行スタイルに合わせて賢くホテル選びをしたい。

腹は膨れた。時計を見ると、九時半になるところだ。葉太は今さらながら、強烈な眠気に襲われた。

今朝は、時差ぼけで五時に起きてしまったのだった。それから、何度も寝ようとしたのだが、どうしても眠れなかった。仕方なくテレビをつけると、チャンネルが膨大で、何がどれだか分からなかった。散々ザッピングをして結局、喧《やかま》しい通販番組に落ち着いた。

売っていたのは、撫でるだけで髭や無駄毛を処理出来る、ヤスリのようなものだった。男が髭を撫でているのは分かったが、インド系の女性も、口元、そして眉間を撫でているのには、驚いた。確かに、使用前の彼女は、「髭」と言ってよい産毛を生やしていたが、腐っても女性の肌、ヤスリでごしごしとやるのは、問題があるのではないだろうか。葉太は知らず、自分の肌を撫でていた。それはつるりとすべらかで、その状況では、嫌味なほどだった。

葉太が泊まっているのは、通常のホテルではなく滞在型のアパートメントホテルだ。

いつか、父が、ニューヨークに行くなら、ホテルじゃなくてアパートメントがいい。ホテルほど高くないし、ニューヨークで暮らすことが体感できるから、というようなことを言っていた。しゃらくさかったが、料金の点では、納得がいった。ニューヨークのホテルは、本当に高額で、父の残した金があるとはいえ、現在無職の葉太が泊まるにはしり込みする値段だった。

ソファベッドがある部屋と、ベッドルームとバスルーム。バスタオルは滞在日数分置いてあり、簡単なキッチンもある。葉太の部屋は四階だが、窓が、中庭、というより、四方を壁で囲まれた裏庭に面しているので、ほとんど日は差さない。古い建物だ。だが清潔で、「水洗ですから」「座れますから」のトイレも、きちんと掃除されていた。それだけで、葉太は成功した気分になった。

インド系女性の髭を見ていたら、いつの間にか眠っていた。起きたら、八時を過ぎていた。時間を確認した途端、突然の空腹が、葉太を襲った。最後に食べたのはいつだったか、恐らく機内食だが、それが何時だったか、いくら考えても結局思い出せなかった。立ち上がり、バッグを肩に担いだ。

貴重品を入れておける金庫がないのが欠点だった。だが海外では、金庫ごと盗む大胆な輩《やから》もいると聞いたし、そもそも葉太は、金庫を使うつもりなど、端《はな》からなかった。パスポートを財布もろとも盗まれる不安より、金庫が壊れて中身が取り出せない不安のほうが大きい。得たいの知れない海外の機械より、自分の慎重さのほうが、よほど信用に値する。

葉太は、鍵のかけ方、開け方をしっかりマスターした。戻ってきたとき、扉の前で手間取りたくなかった。鍵は、クラシックな形で、金色をしている。葉太はそれを、日本にいるとき、いつも鍵を入れておく、ジーンズの左ポケットにしまった。

ホテルではないので、ロビーはない。奥に管理人室があるが、声をかけない限りは出てこないから、誰にも会うことがなく、気が楽だった。従業員にいちいち挨拶をされたり、笑顔を返したりしなくて済む。しゃらくさい父の言う通りにしてしまった悔しさはあるが、ここにして良かった、葉太は思った。

5番街から西側がミッドタウン・ウエスト。エンパイア・ステート・ビルやロックフェラー・センター、タイムズスクエア、ブロードウエイの劇場街もここにあり、ニューヨークを代表する見どころが多く集まっているので観光客がまず訪れるエリアだ。世界に名だたるブランドショップが軒を連ねる5番街では買い物をしなくとも、ウインドーショッピングが楽しめる。名店は少ないがレストランの数は多いので、食事に困ることはないだろう。

外に出ると、すっかり明るかった。

昨晩、タクシーの中から見た街と、朝の光の中で見る街は、全く違っていた。

夜の街は、雨など降っていないのに、濡れているように見えた。建物が古いからか、それとも、予想していたよりも、街頭や店の看板の光が、淡かったからか。しっとりとした景色は、なんともいえない色気があったが、朝、「燦燦」の光を浴びた町は、昨晩と打って変わって、完全に乾いていた。つやめいていた建物は、「岩です」、と自己紹介されてもよいほど無骨で、だがそのそっけなさが、また好ましかった。

昨晩ここに着いたときは、少し寂しかった。自分が泊まっている場所は、人通りが少ないところなのかもしれない、そう思っていたが、とんでもない、朝の八時からたくさんの人が行き交う、「街の真ん中」だったのだ。

角にある緑色の大きなゴミ箱に、モデルのような女が何らかのゴミを捨てていて、見たこともない大きな犬を連れた男が、やはり見たこともない大きなクッキーを食べながら、通り過ぎて行く。飲料の業者が、上腕二頭筋をひけらかすように、ひとりでみっつのケースを運んでいて、スーツを着た女が、ワイヤレスヘッドセットの携帯で、べらべらと話をしながら歩いている。パーカーにジーンズ、メッセンジャーバッグの葉太のような格好をした人間もいれば、スーツの上に冬もののコートを羽織っている者、かと思えば、ランニングにショートパンツ姿で、自転車を漕いでいる者もいる。

5番街だった。

葉太は意味もなく、5番街、そう呟きそうになり、そんな自分を、慌ててたしなめた。興奮するな馬鹿、脳内を殴るようにして、それでも、どうしても、こう思わずにはいられなかった。

自分は今、５番街を歩いている！

二十九歳、葉太は初めて、ニューヨークに来たのだった。初めて、一人旅をするのだった。そして今日が、まさに観光初日なのだった。

はしゃぐな、はしゃぐな、そう自分に言い聞かせても、どうしても口角があがってしまうのは、中学二年のバレンタインで、クラスで一番可愛いと言われていた女子生徒にチョコレートをもらって以来のことだ。

滞在先からほんの１ブロック歩いたところにも、スタバはあった。その２ブロック向こうには、「ＣＡＦＥ」と書かれた店もあった。それでも葉太はそれらを無視し、何ブロックもうろうろして、結局は、滞在先から実質２ブロックしか離れていないあの、「なんとかＤＩＮＥＲ」を、選んだのだ。

はしゃいでいたあのときの気持ちと、憂鬱《ゆううつ》な今の感情との落差に、葉太は、強く赤面した。あれだけはしゃぐからだ。

「５番街を歩いている」などと、興奮するからだ。

葉太は昔から、はしゃいだ人間には、バチが当たると思っていた。

永久歯に生えかわりはじめた頃、友人の間で、前歯の間におはじきを挟むのが流行《はや》った。

生えかけの永久歯の間には、隙間が出来る。それが平たいおはじきを挟むのに、ちょうどいいのだ。その状態で笑うと、白い歯の中、おはじきがキラキラと光り、なんとも滑稽に見えるのだった。

ある日葉太は、そこにあった中で一番大きなおはじきを、前歯の間に押し込んだ。葉太の家だ。友人がふたり、遊びに来ていた。おはじきは、葉太が思っていたよりもずっとうまく納まった。友人たちは、これまでになく笑い転げ、葉太も、おはじきを挟みながら、ひとしきり笑った。

満足しておはじきを抜こうとしたとき、異変に気付いた。

抜けないのだ。

「抜けない葉太」を、友人たちはさらに笑ったが、「本格的に抜けない葉太」になると、笑っているわけにもいかなくなった。やばいな、大丈夫か、友人たちが心配そうに声をかけてくれる中、葉太は、意味もなくニヤニヤしていた。さっきまで皆を笑わせ、自らも大笑いしていた自分が、窮地に立たされたからといって、急に深刻になるわけには、いかなかったのだ。

葉太は心から後悔した。大きなおはじきを、これまでにない力ではめたこと、それをはめながら、過去最高に笑ったこと、何より、選んだおはじきの色が、中でも一番派手な、紫と黄色のマーブル模様だったこと。

この派手さでは、深刻になれない。

今ここで深刻になっては、派手なおはじきを前歯の間に挟んでいる間抜けな状況との落差が、大きすぎるのだ。

幸いにも友人たちは、その落差に気付いていないようだった。「大変だ」「大丈夫か」とかけ続けてくれる言葉に、何の偽りもない様子だった。だが葉太は、葉太だけは、深刻になれなかった。このまま一生おはじきが抜けなくても、自分は笑っていよう、そう、決意していた。

結局おはじきは、怒りに任せた母の手によって取り除かれることになった。皆の安堵と裏腹に、葉太は羞恥で死にたいと思っていた。ふざけていた自分から、急に皆を心配させる自分になったこと、挙句、一番避けたかった、「母に助けてもらう」という最期。

今でも、葉太の前歯は、少し隙間が空いている。

母に、矯正しろと散々叱責されたが、それだけはやめてくれと懇願したのだ。あの事件の後に、矯正器具をはめて登校するなんて、死よりもつらいことだった。

葉太はそれから、二度とはしゃぐまい、調子に乗るまい、そう誓ってきた。はずなのに、葉太はその後もはしゃぎ、調子に乗った。そしてそのたび、バチが当たったのだった。

林間学校のとき、ふざけて飯盒《はんごう》に触って、結構な火傷《やけど》をしたこともあるし、縁石だけを歩いて帰ろうとして滑り、足を捻挫したこともある。件《くだん》のバレンタインの折には、チョコレートをもらった後、はしゃぐ気持ちを抑えきれずトイレに行き、首筋の黒子《ほくろ》から毛が生えているのを発見したのだった。

葉太は、バチが当たったそのたびに、布団の中で、「あ!」と叫んだ。「ごめんなさい!」と、何か分からぬものに、大声で謝った。羞恥で、声を出さずにはいられなかった。そのときだけは、父の建てた広い家を、心からありがたいと思った。葉太は布団をかぶって、何度も、何度も、大声を出した。

奇妙だったのは、今まで誰も、失敗した葉太を揶揄《やゆ》する者がいなかったことだった。調子に乗るからだとか、さっきまであんなにはしゃいでいたのになどと、咎められたことは一度もなかった。葉太はそのことが不思議でならなかったのだが、年齢を追うに連れ、分かってきた。

そのような経験は、誰にでもあるからだ。

ちょっと調子に乗って痛い目に遭うことは、人間ならば、ことに男子ならば、誰にでもあるからだ。

小学六年生のときに行った修学旅行で、財布を落としたクラスメイトがいた。小園《こぞの》という名前だった。小園は、クラスでも中心的な存在で、教師の物真似をしたり、授業中にふざけた発言をして、生徒の注目を集めていた。葉太は、小園と同じグループに属していた。仲がいい風を装っていたが、内心一定の距離を取るようにしていた。小園のすぐ調子に乗る性格に、ハラハラしてしまうからだ。

小園は修学旅行中、案の定、寺で浮かれ騒いで注意されたり、みやげ物屋でつまらぬ木刀を買ったり、随分とはしゃいでいた。悪いことに、小園は、派手な赤色の靴下を穿いてきていた。ズボンの裾から、時折ちらりと見える赤が、そのときの小園の精神状態を、何より表していた。修学旅行を、とびきりのイベントだと判断する気持ちは分かるが、その高揚が、葉太は怖かった。あんなに浮かれていては、いつか何かが起こるに違いない。だが皆は、小園の「はしゃぎ」を制止するどころか、助長することばかりを言い、小園は小園で、その通り、どこまでも調子に乗り続けていたのだった。

事件が起こったのは、二日目の夜だ。財布がない、と、小園が言いだしたのである。

馬鹿！

葉太は思った。真っ青な顔をして、自分のバッグをかきまわす小園を見て、「だから言ったろ！」そう、言いたくなった。

あんなにはしゃぐからだ。調子に乗るからだ。

結局小園は、教師から金を借り、皆に笑われたり、気を遣われたりしながら、残りの日程をこなすことになった。バスの中で芸能人の物真似をやったり、女子の部屋にこっそり遊びに行ったりしていた小園が、急に静かになってしまった。最悪なことに、小園は修学旅行中ずっと、赤い靴下を穿いていた。それは相変わらず目立っていた。目立っている分、小園の惨《みじ》めさを際立たせた。

いたたまれなかった。皆のように「大丈夫か」などと声をかけず、かといって「馬鹿！」と叱咤することもせず、葉太はただただ、静かに、時が過ぎるのを待った。小園を、その赤を、直視することが出来なかった。

葉太は、小園のようにはなるまいと、徹底的に注意を払ってきた。財布を落とすどころか、些細な忘れ物もしなかったし、派手な色の衣服を決して選ばなかった。

だが、そんな葉太の努力を知らぬままに、小園や他の男子生徒たちは、たびたび調子に乗り、痛い目に遭い続けていた。葉太は、めげない彼らに、驚嘆した。

どうしてそうなんだ。

どうして恥ずかしくないんだ、懲りないんだ。

何も恥ずかしいことをしていない俺が、こんなにも恥ずかしいのに。何も懲りることをしていない俺が、すでに懲りているのに。

葉太は、自分の体に肉眼で見えない細かい襞《ひだ》がついているように思った。外界の刺激はまず、細かな襞にはばまれて、皮膚自体になかなか到達出来ない。だが、いざ入ってしまったとしたら、はらっても揺すっても、襞に絡まって、なかなか出ていかない。羞恥や後悔は、いつまでも居座るのだ。

葉太はそのことを思うたび、無意識に、体を手ではたいた。そして、友人たちのようになれたら楽なのにと強く願いながら、絶対になるまい、そう、決意するのだった。


現在、葉太はブロードウエイを、北に向かって歩いている。

DELI、PIZZA、COFFEE、様々な看板がある。何故か、どれも美味しそうに見える。少なくとも、「なんとかDINER」の朝食よりは。

葉太は、小園だったら、大きな声で、まずい、損した、そんなことを言うのだろうな、と思った。そもそも店を選ぶ際、朗らかにこう宣言したはずだ。

「せっかくだから、ニューヨークっぽいものを食おうぜ！」

思うことは同じなのに、葉太はそのことに、どうしても耐えられないのだった。

二十九歳といえば、完全に大人だ。

大人になれば、この恥の意識、自戒の意識は、もっと緩やかなものになっているのだろうと、漠然と思っていたが、そうはならなかった。小学校のときと、中学校のときと、変わらなかった。それどころか、強度が増していた。

例えば、女との関係である。

葉太は、一日一度、ときには二度、自慰をした。初めて自慰を覚えたのは、中学一年のときだ。友人たちは、自慰をした後、「むなしくなる」と言っていた。葉太ももちろん、それに同意したが、葉太の場合は、むなしさを超える羞恥心と、罪悪感があった。

特に、射精の瞬間、快楽で声をあげてしまったときや、想定外の顔をしてしまったときなど、ことが終わってから、葉太は自分で自分を焼き殺したくなるほどだった。その羞恥を、後悔を知っていながら、それでもまた性器に手を出してしまうのも、十代の頃と変わらなかった。

葉太にとって性欲は「はしゃぎ」だった。現実の女と性交する際に萎えてしまうことが、だから葉太には、多々あった。

女が自分に好意を少しでも示すと、もう射精したくて仕方がなくなり、恋心すら生まれるのだが、いざ女と至近距離になり、蚊に食われた痕《あと》や、下着のほつれなどを目にすると、瞬間、気持ちが萎えてしまう。ただ、女のため、また、自分の快楽や体面のためにも、萎えるのを気持ちだけにとどめることは出来た。葉太の性器は屹立したままだったし、とりあえず「終える」までは、なんとか持ちこたえた。行為に没頭している女を見ると、ますます気持ちは萎えたが、目を瞑って、頑張るのだった。

そんな頑張り屋の葉太だが、ただひとり、途中で性交をあきらめた女がいた。

葉太が勤めていた会社のＯＬで、葉太が会社を辞めると知って、食事に誘ってきたのだ。結局自分はモテてしまうのだ、葉太はおごった。

その女とは、焼き鳥屋に行った。適度に汚く、美味いその焼き鳥屋は、葉太が、女を口説くときに使う店だった。ほとんど常連ともいえたが、何度行っても、店員が葉太のことを常連扱いしないこと、まるで初めて来た客を扱うように接することが、また都合が良かった。

女は、二杯目、三杯目と杯を重ねるうち、葉太にしなだれかかってきた。頭皮は良い匂いがしたし、肌はすべらかだったし、歯と歯の間に、ネギが挟まっていることもなかった。合格だ、葉太は思った。

だが、いざそういう関係になり、まさに射精しようとしたそのとき、盛り上がっていた女が、こう言ったのだった。

「壊れちゃう。」

葉太は、自分の下半身が、しゅるしゅると音を立てて、しぼんでゆくのを感じた。女が没頭しているときに、「壊れちゃう」などと言うだろうか。快楽に夢中になっているときに、「壊れちゃう」などと、言うだろうか。言わない。絶対に。

こいつは、俺を喜ばせようと、演技をしているのだ！

急に動きを止めた葉太に、女は、不安そうな顔をした。さきほどまでの狂態と打って変わり、葉太を見るその目は、「理性」で鋭く光っていた。

葉太は、腹立たしい思いで、女から離れた。小さな声で、どうしたの、と言った女に、葉太は呟いた。咄嗟だった。

「忘れられない女がいる。」

葉太は、自分が言った言葉の、あまりの白々しさに、羞恥で発狂しそうだった。だが、ああやって臭い演技をしてきた女には、このくらいの台詞《せりふ》で対抗するしかなかった。案の定女は、そうなんだ、と小さな声で言い、鼻をすりさえした。

その夜、葉太は女と、とことんまで、演じ合った。

葉太は、過去の女が忘れられなかった哀れな男。そして女は、それを分かっていながら、葉太を思うことをやめられない、健気《けなげ》な女だ。

一刻も早く家に帰りたかったが、葉太は我慢して女の隣で眠り、翌朝、そこそこ可愛い朝食（トーストとゆで卵、ミルクティー）を食べてから、帰った。二度と、連絡をしなかった。

それは葉太にとって、何より忘れたい過去だった。だが、忘れたいと願えば願うだけ、皮膚の奥に巣くった。決して、出て行かないのだった。

マンハッタンの中心、ブロードウエイから7番街と42丁目から47丁目が交差するあたりがタイムズスクエア。１９８０年代には「犯罪の巣窟」、「怖くて危ない街」などと呼ばれた暗い時代が続いた。しかし、１９８４年に立ち上がった州と市を挙げての再開発プロジェクトにより変貌を始め、風俗のネオンは、エンターテインメントビジネスの輝きに代わった。道を行き交うあふれんばかりの人々や、色とりどりの看板のネオンサインがひしめき合う風景はもうおなじみ。

ブロードウエイを北へ歩くと、タイムズスクエアが見えてくる。

7番街と、ブロードウエイにまたがった、あのボールドロップが行われる建物がタイムズスクエアなのだと、葉太はずっと思っていたのだったが、違った。ここいら一帯の「エリア」のことを、タイムズスクエアと言うのだった。

葉太はその場所の、あまりの「タイムズスクエアさ」に、息を呑んだ。

昼間なのに明るい電光、そこかしこにあるミュージカルの看板、賑やかな通りと、タクシーの波。

葉太はタイムズスクエアが、あまりに「タイムズスクエアすぎる」ことに、なんとも面映ゆい気持ちになった。

すぐ隣で、アジア系の女ふたりが、写真を撮り合っている。その周りにも、白人や黒人問わず、デジタルカメラを構えている人間が、ちらほらいた。中には、ガイドブックを広げて、あちらこちらを指差しているカップルもいる。

タイムズスクエアで、ガイドブックを広げるなんて！

葉太も実は、『地球の歩き方　ニューヨーク』を、バッグの中に入れていた。だがそれを広げて見ることは、一度もなかった。観光客がはしゃいでいやがる、そう思われるのが嫌だったからだ。

カップルは今や、地図を最大限に広げて、ああでもない、こうでもないと、議論している。見かねた黒人の男が声をかけ、今度は三人で、喧々囂々《けんけんごうごう》やりだした。ふと見ると、黒人のコートのポケットにも、「NEW YORK」と書かれた本が差してある。

お前も観光客なのか！

葉太は、心底驚いた。

黒人の男とカップルは、一緒に地図を覗き込んでいる。浮かれているのが、ありありと伝わってくる。時折黒人の男が、何か地図を指差して指示をするが、カップルは笑いながら首を横に振り、結局黒人も首を振る、という体たらくである。葉太は、信じられない思いで、その様子を眺めた。そしてすぐに、その場を離れた。「タイムズスクエアにいる自分」すぎることに、耐えられなかったのだ。

7番街を、まっすぐ北へ上がって、53丁目の角を東に曲がると、そのままMoMAに行き着く。地図は頭に入っていた。だが葉太は、MoMAには行かず、そのままセントラルパークまで行くつもりだった。

日本にいるとき、ニューヨークの週間天気予報を調べてみると、火曜と水曜が、雨の予報だった。雨の日は、一日美術館を巡ろうと、そのとき決めた。「初日からセントラルパーク」はいかにもだが、滞在期間は一週間と限られているのだから、晴れているうちに、行っておいたほうがいい。

父は、ＭｏＭＡには金曜日の夕方は行かないほうがいいと言っていた。金曜日の夕方は無料になるから混むのだという。人ごみの中でポロックだかなんだかを見たくないからと付け加えるのがいかにも父らしく、つまりしゃらくさかったが、とはいえ混んでいるのは嫌だった。今日は月曜日だから、明日行くことにしようと、葉太は思った。

歩きながら、葉太は「行っておいたほうがいい」と思った自分の気負いを、また恥ずかしく思った。だが、こんな快晴の日のセントラルパークには、やはり行っておきたかった。

葉太のバッグの中には、重たい単行本が一冊入っている。それは、セントラルパークで読もうと思っていた本だった。

葉太は、セントラルパークで寝転がって、本を読みたかったのだ！

葉太が公園で本を読むことなど、日本ではありえなかった。そもそも、日常的に人前で本を読むことなど、決してなかった。

だが、葉太は小説が、本当に、本当に好きだった。

小説を読み始めたのは、中学に入ってからだ。父の書斎で見つけた、太宰治の『人間失格』を読んで、衝撃を受けた。幼い虚栄心や、強い羞恥心や、切実な卑怯、自分が知っていること、体験していることの全てが書かれていた。

主人公の葉蔵という名前にも縁を強く感じたし、「どうか同級生の誰も、この小説を読みませんように」、そう願ったほど、葉蔵は自分に似ていた。いや、自分が葉蔵に似ていた。

葉蔵は、「人間恐怖」というほどに他者を、その視線を恐れ、生きている人物だったが、それを完璧に隠し通せる演技力を持っていた。のびのびと過ごし、馬鹿をやり、皆の人気者だった。葉太は、人気者、というほどではなかったが、小学校、中学校と、ずっとクラスの中心グループに属していたし、皆の前で適度にふざけ、好意的な笑いを頂戴する存在ではあった。自分がハンサムなことも、家が金持ちなことも、充分すぎるくらい分かっていたからこそ、葉太はふざけたし、自分の恥の意識が許す範囲内での道化を、粛々と演じ続けてきた。葉太はだから、葉蔵の苦しみが、痛いほど分かった。

「自分の正体を完全に隠蔽し得たのではあるまいか」と、ほっとしていた葉蔵が、体

操の授業で、鉄棒をわざと失敗して尻餅をついたとき、自分が一番馬鹿にし、軽んじていた竹一という生徒に、

「ワザ。ワザ。」

つまり、「わざとだ」と、見破られるシーンがある。葉太は、それを読んだとき、葉蔵と同じように、わあっと、叫んでしまいそうになった。竹一を悪魔だと思った。そして、これは間違いなく、自分にも降りかかる可能性のある事件だと、震撼《しんかん》した。

葉太は、これを書いてくれた太宰治に感謝した。これは自分への警告だと、はっきり思った。それから葉太は、ことさらふざけることに注意し、葉太にとっての「竹一」的な存在に、万全の注意を払った。そして、葉蔵に絵の才能があることや、左翼運動に協力しだしたことや、とにかく自分と違う一面を見つけると、心から落胆し、だがどこかで安堵した。

太宰の全作品を読み終えた後は、他の作家の作品も、読み漁るようになった。葉太はたちまちにして、小説の中毒になってしまった。

葉太は、小説に対してだけ、素直になれた。自分のことを分かってくれる誰かがいる、月並みだが、心からそう思えた。登場人物が現実にはいない人間だと分かっているが、分かっているからこそ余計、その人間を信じることが出来た。そいつの「今」

は、俺の「今」と同じように続いている、そう、思えたのだった。葉太は、自分に優しい小説だけを、自分の都合の良いように解釈して、どこまでも自分の血肉にした。

それだけ好きな小説を、葉太は、人前で決して読まなかった。「思春期に小説を読んでいる自分」を見られるのが嫌だったこともあるが、一番の理由は、父だった。

葉太の父は、鍵倖輔《かぎこうすけ》という名前で、小説を書いていた。

三十二歳でデビューし、五十七歳で死ぬまで、四十冊ほどの小説を出版した。大きな文学賞をいくつかもらっており、業界では、権威のある作家のようだった。

一人っ子の葉太は、彼のおかげで随分と裕福な暮らしが出来たし、今回の旅行だって、父が残した金で来ることが出来た。だが、父の存在に苦しめられた過去が多分にあるのもまた、事実だった。それはともすれば、父を持つ思春期の男すべてに言えることなのかもしれなかったが、こと葉太に関しては、父が作家、しかも著名人であるということで、普通の男が抱える以上の感情を、父に対して持っていた。

かつて、一度読もうとした父の作品の冒頭に、性交のシーンがあった。それは十四歳の葉太を、徹底的に傷つけた。自分の大好きな「小説」に、肉親が大いに、しかもこんな形で関わっていることが、許せなかった。

さまざまな作品があることは分かるし、自分が嫌いな小説は読まなければいいことも、分かっている。だが、何故《なぜ》父が、こんな身近な人間が、よりによって作家なのだと、葉太は、自分の環境を恨んだ。

しかも父は、日常的に、「作家である自分」を、誇示しているように見えた。葉太の嫌う、作品の前に出てくる作家だった。ちやほやされたがる作家だった。そのうえ、父の望む「自分像」がはっきりとあった。それがいかにも、しゃらくさいのだった。ニューヨークで暮らすことが体感できるからアパートメントがいい、人ごみの中でポロックを見たくはない。そのようなことを書く精神の持ち主なのだった。

金持ちの息子、である以前に、作家の息子であることで、葉太はことさら、「自分」を演じ続けた。目立ってはいけないし、いじめられるほどに地味でもいけない。適度に面白く、適度にいい奴だと、思われていたい。そして、そんな風に考えていることを、微塵《みじん》も知られてはならない。

バッグに入っている小説の重さを、今さらながら確かめる。それは葉太にとって特別な本だった。そして、父には全く関係のない本だった。

この小説を、セントラルパークで寝転がって、読むのだ！

あまりに「ニューヨークらしすぎる」自分の願いに、葉太はたびたび「あ！」と声をあげたが、これればかりは、羞恥より願望が勝った。持ってきたのは、大好きな作家の、二年ぶりの新刊である。この一冊を読んでしまえば、あと二年は待たねばならないだろう。機内では、読みたいとはやる気持ちを、なんとか抑えた。セントラルパークでこの作家の本を読む、という行為の純度を、保ちたかったのだ。

葉太は、足早に歩いた。

7番街も、5番街とそう違わなかった。いちいち景色に気をとられなくなってきたのは、もしかしたらニューヨークに、段々と目が慣れてきたからかもしれなかった。だが、「まさか」という日本語の書かれたTシャツを着ている若者を見たときは、思わず振り返ってしまった。男は白人で、眼鏡をかけていた。何も持たず、どこかはっきり目的地があるような歩き方だった。地元の人間だろうと、見当をつけた。

ニューヨークは多民族が集う街だ。日本人も多く居住しているし、日本人観光客が多いことも、地元の人間である彼は、知っているはずだ。

何故、あんなTシャツを、堂々と着ることが出来るのだろうか。

「まさか」が日本語だと思わなかったのか。だが、日本語ではないにしろ、どこかの国の言語であることは間違いない。その意味を調べもせず購入し、着用する人間の気が知れなかった。それとも、「まさか」という意味を知っていて着ているのだろうか。だとしたら、なおさら気が知れなかった。

葉太は、日本でパッキングするとき、洋服に、特にTシャツには、細心の注意を払った。もちろん持っていなかったが、チェ・ゲバラのTシャツや、ダライ・ラマのTシャツなどはもってのほかだったし、英字が印刷されたものは、その意味をすべて調べた。

色と形が気に入って、二十代の初めに購入したTシャツには、「FLIRT」と書かれていた。意味を調べると、「もてあそぶ」、「いちゃつく」ということだった。危なかった。アメリカ人女性を、何かしら刺激するところだった。

昔の恋人にもらったTシャツには、「FILL SOMEONE'S MOUTH」と書いてあった。「誰かの口をいっぱいにする」だ。危なかった。これも、性的な意味にとられかねなかった。

他にも、「A FOLIAGE PLANT FOREVER（観葉植物よ永遠に）」、「ITCHY CIRCLE（痒《かゆ》い円）」、「HELLO SWIMWEAR（こんにちは、水着）」、「FJORD INRUSH（フィヨルド突入）」などがあった。

愕然とした。

自分は、なんて思いがけないものを見逃していたのだろう。日本にだって英語圏の人間はいるし、帰国子女もいる。そういう人間の前で、これらのTシャツを堂々と着ていた自分を思い出し、葉太は、叫び出しそうになった。迂闊《うかつ》だった。迂闊すぎた。

思い出のあるものも多かったが、葉太は、それらを速やかに捨てた。捨てるとたちまち持ち数が少なくなったので、新しいTシャツを買いに、無印良品へ行った。

ちょっとしたお洒落心《しゃれごころ》、つまり虚栄心が落とし穴だ。百人に見られて、百人が覚えていない格好をしよう。そう決意すると、自分の靴や、パーカーの色や、髪型や、髭の剃り方まで、何もかもが気になり始めた。

この靴はなんだ、このパーカーの色は、前髪を無造作に切ったこの髪型は、くるぶしまでしかない靴下は、後ろポケットに入れた紺色の財布は。

葉太は、無印良品の商品を手にしたまま、売り場で立ち尽くした。

自分が、これらを選んだ時点で、それはもう、「お洒落」ではないのか。

例えばこれ、このTシャツ。無地のものとはいえ、白でも黒でもなく、このグレーを選んでいる時点で、もうそれは、「お洒落」ではないのか。じゃあ白を、と思っても、黒でもグレーでもなく、白を選んでいる時点で、それは、れっきとした「お洒落」ではないのか。

シンプルなものであっても、百人が見て百人が覚えていないものであっても、数ある中からそれを「選ぶ」時点で、その行為はすなわち「お洒落」だ。

葉太は動けなかった。

じゃあ、どうすればいいんだ。葉太はグレーのTシャツを、強く握り締めた。手に汗をかいていたので、その汗がTシャツに移ってしまった。葉太は、小さくうめいた。

そのとき、父が現れた。

無印良品のTシャツ売り場、目の前に、父親が立っていた。今まさに、葉太が持っているのと同じようなグレーのTシャツに、ブルージーンズ、白いスニーカーを履いて、葉太をじっと見ていた。

父は、葉太が覚えている限り、ずっとそんな格好をしていた。

春と秋は、白いシャツにブルージーンズを穿き、冬は白いシャツの代わりに、グレーのVネックのニットを好んで着た。夏には、グレーのTシャツか、たまにコットンの白いシャツを着ていることもあり、足元は真っ白いスニーカーか、スエードのブーツを履いた。

父のことを、葉太の周りの人間はお洒落だと言ったし、葉太が見ても、なるほど若々しくは見えた。だが、テレビに出演した際、シンプルな服が一番落ち着く、家の中も、白、茶、グレー、この三色以外は、極力置かないようにしているのだと発言している父を見たとき、こいつは男に嫌われているだろうなと思ったし、ただ着物だけは別だ、華やかでも、自然の「カラー（父ははっきりそう言った）」を取り入れているから、そう付け足したときには、ある種の女にも嫌われているかもしれないと思った。

いちいち、しゃらくさいのは、それが父だからだろうか。

父のしゃらくささは、服装に限ったことではなかった。不倫愛を肯定したり、中国茶に凝っていたり、急に手のこんだ料理を始めたり、古いジャズを聞いていたり、そしてそれらをわざわざ言いふらしたりするようなところで、律儀に数え上げてゆくと、きりがなかった。

同級生の中には、父の作品を読んでいる者もいたし、母から頼まれたと言って、サインをねだってくる者もあった。そのどれもが、いちいち葉太を憂鬱にさせた。クラスメイトが、フィクションとはいえ、実父の性愛の傾向を知っていることは耐えがたかった。友人の母が、父に対してファン以上の好意を持っているのも、気持ちが悪かった。

父は、家の中でも、父の作ったパブリックイメージのままだった。

家のインテリアは、本当に白、茶、グレーでほとんど統一されていた。母が飾る花も、白と決められていた。時々着物を着ていることもあったし、濃いコーヒーを飲みながら、古いジャズのレコードをプレーヤーに置いている姿も、よく見た。

葉太は、それらが、父の必死の努力の結果であるのだろうと思ってきた。

父が生まれ育ったのは田舎だった。作家になる前の父は実家の農業を手伝っていた。その頃出会って結婚した母も、頬の赤い、田舎くさい女だった。

田舎が悪いのではない、農家が、頬の赤い妻が悪いのではない。ただ、父には、それらを隠蔽し、なりたい自分になるために振る舞おうとする、強い意志があると、葉太は、常々思っていた。自分の生い立ちを、メディアではほとんど語らなかったのがその証拠だ。思い出せる限り、父が自分の若い時代について書いたのは唯一、高校時代、小さなレコード屋でマイルス・デイヴィスのレコードを聞いて驚いたこと、そしてその後ブルーノートを知り、ニューヨークに憧れるようになったこと、それだけだった。

父の実家を、葉太は幼い頃、一度だけ訪れたことがある。父がまだ、作家として生計を立てていなかった頃だ。

とんでもない田舎だった。無人駅から出る電車は一日数本、田んぼや畑の間を、国道が一本突っ切るように伸びていて、こんなところに道が、と驚くような場所を曲がった。あぜ道を進む車の揺れに酔い、幼い葉太は車内で嘔吐した。家に入ると、饐《す》えたような臭いがして、また吐きそうになった。

父の両親は、父が農家を継がず、小説家などというものを目指して家を飛び出したことを、許していなかった。そして、そんな父と一緒に東京へ向かった母のことを、父を誘惑した悪魔のように思っていた。

父はおそらく、両親に歩み寄るため、または、許してもらうために、孫である葉太を連れて行ったのだろう。葉太が祖父母に会うのは初めてのことだったが、父が算段していたようには、祖父母は葉太との対面を喜ばなかった。

葉太は、不穏な大人たちの気配を感じながら、じっと緊張していた。宿泊する予定だったのが、父と祖父が言い合いになり、結局またあのガタガタと揺れる道を帰らなければならなくなったこと、汲み取り式のトイレが怖くて、泣いたことを覚えている。

祖父母は、父が作家になり、賞を取るようになってから、方々で父のことを自慢していたらしい。だが、父はその頃には祖父母との連絡を絶っていたし、葉太にも、その話をすることはなかった。

父は、過去の自分を封印したのだ。そして、新しい自分に、なりたい自分になるために、全力を尽くすようになったのだ。それはきっと、悪いことではない。ないが、葉太には父のやることが、いちいち鼻についた。家の中では、父の「こう見られたい」という意識が、そこら中に蔓延《まんえん》していたが、葉太はその意識から零《こぼ》れ落ちる父の「本性」を探した。

例えば、父は毎朝、母が漬けている漬物を食べていた。

それは、父と結婚した当初から育てているヌカ床で漬けたものだった。毎日、手でかきまわすので、そのため、母は一泊以上の旅行には決して行かなかった。

漬物は、変わった方法で作られていた。数週間天日で干して縮んだ大根を、魚焼き用のグリルで焼く。表面が真っ黒に焦げたらその焦げを取って、ヌカ床に入れて漬けるのだ。一連の作業に何の意味があるのか、葉太には分からなかったが、出来上がった漬物は少し香ばしさもあって味が濃く、確かに美味かった。

時節外れでも、ベランダには大抵十本ほどの大根が干され、台所にある床下収納に収められた大きなタッパーにも、五、六本の大根が漬けられていた。打ちっぱなしのコンクリートのベランダに干された大量の大根は、父の意向に反する景色のはずだった。が、誰あろう父その人が、母の漬物を最も好んで食べていたのだった。

父は毎朝、その漬物と、豆腐の味噌汁、卵焼きと、大量の白米に納豆をかけて食べた。納豆とヌカ漬けの香りが、イタリア製の真っ白いテーブルを満たすアンバランスさを恥ずかしく思いながら、葉太は同時に、「それ見ろ!」と、父をあざ笑っていた。

お前は所詮田舎の農家出身の人間なんだ。豆から挽いたコーヒーを飲むことも、「カラー」にこだわることも、お前が後天的に身に着けようとしたことであって、お前の本性ではない。

父を見るとき、葉太はいつもそんな風だった。

どこかでボロを出さないか。うっかり「素」の自分を出さないか。変な柄の下着を着ていないか、熱心に鼻くそをほじくっていないか、無修整のえげつない変態DVDを隠し持っていないか、合成着色料、保存料まみれのインスタント食品を食べていないか。

そして、父の「そういう部分」を、熱心に見つけたがっている反面、やはり見たくない気持ちも、あるのだった。矛盾していたが、その思いは、とても強かった。やはり、「見ていられない」だろう、「いたたまれない」だろう。友人たちのみっともない姿を見られない自分だ、肉親の、しかも父親の醜態には、きっと耐えられないだろう。

「朝食」は、葉太がかろうじて耐えられる、いたたまれなくならない程度の「本性」

だった。葉太は、そのような「本性」を選んで探すのだった。そしてとうとう、父が変なくしゃみをしたり、咳が止まらなくなったり、箸から豆を落としたりするだけで、密かに喜ぶようになった。

それ見ろ、それ見ろ。

だが、そのような「本性」の回数が増えてきた頃、父は倒れた。そして数ヵ月の入院後、あっさりと死んだのだった。

「本性」は、死の予兆だったのだ。

死んだ父が、自分の前に立っている状況を、葉太は驚かなかった。

父は、悲しそうでもなく、楽しそうでもなく、とても静かな顔をして、そこに立っていた。葉太のことを、じっと見ていた。

葉太は、乱暴に数枚のTシャツをつかみ、レジに持って行った。黒とグレー、その色が、恥ずかしくてたまらなかった。「サイズはこちらでよろしいですか」という店員の一言すら、葉太を茶化しているように思った。

振り返ると、父は同じ場所で、やはりじっと、葉太を見ていた。

葉太は、亡霊を見ることが出来た。

普通に、他の人と変わりなく見えるものだから、それが亡霊だと、気付かないこともあった。彼らには足もあったし、服もきちんと着ていた。死に装束ではなかった。血だらけだったり、やせ細っていたりもしなかった。彼らが亡霊であると気付いたのは、どんな人ごみでも、遠く離れていても、まっすぐ葉太を、見ているからだった。どうしてあの人は、自分をじっと見ているのか、そう気付いたときには、周囲にそんな人間が、大勢いすぎた。彼らが葉太に話しかけてくることはなかったが、とにかく、見ているのだった。悲しそうでもなく、楽しそうでもなく、「普通」の顔をして、葉太をじっと、見ているのだ。

何か生きている者にメッセージがあって、それを伝えて欲しいというのなら分かる。だが彼らは、とにかく普通に、ただじっと、葉太を見ているだけだった。

葉太はこの能力を、友人の誰一人にも、告げたことはなかった。「霊が見えると嘯《うそぶ》くイタい奴」と思われるのがオチだからだ。

亡霊を初めて見たのは、六歳のときだった。

母方の祖父が死んで、母の田舎へ行った。

葬式の間、やせ細った祖父は白い着物を着せられ、花に囲まれて、柩《ひつぎ》に入っていた。葉太の手を握っていた母は、初め、じっと耐えていたが、焼香の列が短くなってくると、徐々に泣き始めた。声を出さず、肩を震わせていたが、その震えが段々大きくなるにつれ、声が漏れるようになった。手のひらを通して、その震えが、慟哭《どうこく》が、葉太にも伝わってきた。そのとき、葉太は涙を流した。初めて出た葬式に緊張していたのかもしれない。そのあまりの「泣け！」という雰囲気に気圧《けお》され、素直に泣いてしまった。そして、頬を伝う自分の涙に自分で感銘を受け、さらに泣いた。

母は、急に泣き出した葉太を見て、驚いたようだった。だが、やがてその涙に背中を押されたように、もはや憚ることなく嗚咽《おえつ》した。そんな母の様子を見て、葉太はまた興奮して泣き、それを見た母が、という、もはやお互いがお互いの着火剤になるという状態になった。

葉太は泣きながら、どこかで母が、葉太がこうやって泣いていることを、喜んでくれているのではないかと思っていた。自分と祖父は、あまり接点がなかったが、「おじいちゃんをなくした孫」らしい悲しみの表現に、母も満足してくれているのではないか、そう思ったのだ。

葉太の涙は、母だけでなく、母の姉、弟、従兄弟《いとこ》や、弔問に来ていた見知らぬ他人にまで伝染していった。葉太は気分が良かった。自分が、世界で一番心の優しい、良い孫、そして息子になったようだった。

皆が自分を見ている。

自分の涙を見て、同じように泣いている。

そのとき葉太は、恐らく今まで知ることがなかった「演じる」快感を、初めて味わったのだった。人に注目され、望まれることをし、周囲の人間の感情をあおることに、強烈な至福を感じたのだ。

だがそのとき、葉太は、自分をじっと見つめている、ひとつの視線に気付いた。その視線はとても静かで、冷えていた。

父だった。

父は、室内なのに、何故か薄い色のサングラスをかけていた。皆から離れたところに立ち、今まさに行われている愁嘆場を前に、まったく理解できない、馬鹿らしい、といった表情をしていた。

それは、父が己の「軽蔑」を表現するときに見せる、葉太には慣れ親しんだ表情だった。

幼い葉太は、父のそうした態度を、そのときは尊敬に値するものだと思っていた。父の態度は、確かに他の父親や大人たちとは違っていたが、その違いこそが、父を特別な存在たらしめているのだと、信じていた。

その視線が今、自分に向けられている。葉太は激しく傷ついた。羞恥で、顔がカーッと熱くなった。皆に注目され、高揚し、悲しくもないのに泣いていた自分を、心から恥じた。

父は、泣き止んだ葉太を、サングラスの奥から、改めてじっと見ていた。その目には、蔑み以外の何ものも、宿ってはいなかった。

葉太は、違う、と叫びたかった。

違うんだ。僕が泣いているのは、そうすれば、お母さんが喜ぶと思ったからなんだ。

葉太は、名誉を挽回したかった。自分は父が蔑むような存在ではないと、訴えたかった。父の視線を感じた途端、周囲にいる大人たちを、「優しい孫」を演じている自分の偽りの泣き声に感化され、大声で泣いている大人たちのことを、馬鹿みたいに思った。

何を影響されているんだ。

僕は演技をしているのに。

そしてそのさなかに自分がいること、それどころか、自分がその集団の中心にいることに今さらながら気付き、また強烈な羞恥を感じて、葉太は僅かに震えた。

そのとき、祖父が現れた。葉太の目の前に、死んだ祖父が立っていたのである。柩に入っている祖父でないと、すぐに分かった。白い着物を着ていなかったからだ。祖父は、茶色いジャケットに、紺色のズボンを穿き、つやつやとした健康的な黒い目で、じっと、葉太を見ていた。

亡霊だ。咄嗟に思った。叫び出しそうになった。

こわい！

葉太はでも、叫べなかった。その場に立ち尽くしていた。先ほど見た父の冷たい視線が、葉太の衝動を押しとどめた。葉太はまた、父を見た。すがるような思いだった。この状況の恐怖から、誰よりも父に、救い出してほしかった。

葉太は、母の手を離し、そっと父に近づいた。母はそのまま柩にしがみついた。完全に盛り上がっていた。なんて見苦しい、そう思った。葉太はこんなにもたやすく、母を裏切ったのだった。

「お父さん。」

出来る限り小さな声で、父に話しかけた。父は、葉太をじっと見下ろし、なんだ、と言った。とても静かな声だった。父は、葉太を許していなかった。父は葉太の演技を見抜き、そして軽蔑しているのだった。葉太はまた泣き出しそうになった。素直になろう、と思った。演じて泣いたことは、後で謝ろう。ただお母さんを喜ばせたかったのだと、言おう。そして今は、本当に怖い、おじいちゃんが見えて、そしておじいちゃんも僕を見ているこの状況が、本当に本当に怖いんだ、そう言おう。

「お父さん、おじいちゃんがいるんだ。」

葉太は、勇気を出した。

「え?」

「おじいちゃんが、いるんだよ、ここに。僕を見てる。」

「何。」

「見えない? ほら、僕を見てるんだ、お父さんの、まん前にいるよ。怖いんだ。」

葉太は必死だった。自分の言葉の重大さにしり込みしながら、必死で助けを求めた。

「葉太。」

父は、落胆していた。サングラス越しにでも、それは分かった。葉太が言葉を間違えたときや、つまらない絵を描いたときに、見せる顔だった。

「調子に乗るな。」

鈍器で、頭を撲《なぐ》られたようだった。

一番近しい人間に信じてもらえないことが、葉太を打ちのめした。いや、信じてもらえていないどころか、嘘つきだと思われているのだ。嘘をついて、父の気を引こうとしていると、思われているのだ！

葉太は、くるりと柩のほうに、向き直った。

祖父は、ただじっと、葉太のことを見ていた。恐怖よりも、怒りと羞恥、そして絶望が勝った。父の気を引こうとしたのではない。だがそんな自分を、父は許さなかった。目の前の景色が滲んだ。だが決して泣かず、葉太は祖父を睨んだ。

「このこと」は、誰にも言うまい。

葉太の涙は、完全に乾いた。急に静かになった葉太に、大人たちは誰も気付かなかった。皆、自分の感傷におぼれていたからだ。

葉太は、黙って、時間が過ぎるのを待った。

いつの間にか葉太の瞳も、父のそれと同じように静かに、冷えていった。

マンハッタンの地理を読む

マンハッタンの道路は、碁盤の目のようになっていて、初めて訪れても比較的わかりやすい。法則を理解すれば、地図がなくても住所でだいたいの場所がつかめる。

ストリートStreet（通り＝略してSt.）
マンハッタンの東西（横）を走る通り

アベニューAvenue（街＝略してAve.）
マンハッタンを南北（縦）に走る通り

マンハッタンは、とても歩きやすい街だ。碁盤の目になっているので、初めて来た人間でも、例えば37丁目と5番街の南東角、と言われれば、大体たどり着ける。

W51、W52、徐々に数字が増してゆく確実さは、葉太の気持ちを落ち着かせた。52の次は、53だろう。そして、53の次は54なのだ。

W55の標識が見えてきたあたりで、すう、と風を切って追い越してゆく自転車があった。葉太の腕のぎりぎりをかすめ、器用に車の間を縫ってゆく。じっと見送っていると、自転車は、オープンカフェのテーブルのすぐそばを、悠々と通っていった。席についていた白人の女ふたりが、しばらく自転車の行方を追っていたが、またすぐに、自分たちの会話に戻った。

しばらくして葉太も、その女たちの前を通ることになった。女たちは、コーヒーと、驚くほど大きなシナモンロールを食べていた。良い香りが葉太の鼻まで昇ってくる。葉太は満腹を抱えながらも、その香りを、胸いっぱいに吸い込んだ。

W56まで行くと、角に花屋があった。日本では見たことのないような、蛍光っぽい水色の花が売られている。その隣にあるのは、小さなバラだ。バラは濡れていた。花弁についた雫《しずく》が、規則正しくぽたぽたと垂れていた。

背中に軽い衝撃があった。

「ソーリー。」

ほとんど「ソイ」と聞こえる発音でそう言って、ぶつかったスーツ姿の男は、颯爽と歩いて行った。ソーリーを言い損ねた葉太は、少し開いた間抜けな口のまま、しばらくまた、男を見送った。

3ブロック先に、行き止まりが見えてきた。ちらちらと緑色が揺れている。セントラルパークだ。

W57、W58。

葉太は、走り出したい気分だった。だが、もちろん走らなかった。ここでうっかり速度をあげると、「セントラルパークを見つけ浮かれている観光客」と、思われかねない。葉太は口を真一文字に結び、どこか怒っているような表情を作ってみたが、それでも、上気する頰の熱さを、抑えることが出来なかった。バッグを持ち直すと、重い本が少しだけ動いた。

葉太が小説を読み始めたのは、家に本が溢れていたからだった。悔しいが、父の影響だ。

葉太は、父の目を盗んでは本を借り、自室にこもって読みふけった。父は葉太がそんなことをしているなどとは、思いもしなかっただろう。葉太が父に小説の話をすることなどなかったし、バレー部に入っていた葉太が、眠る間も惜しんで小説を読みふけっていることは、友人たちでさえ、知らなかった。

中学三年になって、父が仕事場を借りると、家の中の本が、一斉に姿を消した。葉太は舌打ちをしたい気分だった。だが、父に、本を読みたい、貸してくれなどとは、絶対に言えなかった。その頃には、葉太は父のことを、はっきり嫌っていた。父が、葉太に微《かす》かな期待を抱いていることも、嫌だった。読書でもいい、映画でもいい、音楽でも絵画でもいいから、何か芸術的なことに興味を持っていてほしいと、父が思っていることにも、嫌悪を覚えた。血縁者のセンスは、何より自分のセンスを明確にする、強い証になるからだ。

小さな頃、葉太が絵を描いていると、父は非常に喜んだが、それがアニメのキャラクターを模写したものであるとわかると、途端に興味を失った。

幼い頃の葉太は、父の期待に聡《さと》かった。その期待を淡くでも感じ取ると、父を喜ばせたいと思い、努力し、いつしかそれは、父の気に入ることをしなければ、という強迫観念に変わった。そして、結局緊張して失敗し、父を落胆させた。

葉太から興味を失ってゆく父の、あの僅かに忌々しげな表情を、幼い葉太は眠る前にいつも思い出した。寂しかった。

例の葬儀を契機に、葉太は、父の期待とは、反対のことをするようになった。絵筆が置いてあったら、友人と外でサッカーをした。そして、いつかサッカーが上達し、父が試合に来るようになると、葉太はサッカーをやめ、自室で漫画を読んだ。

父の「自慢の息子」に、なりたくなかった。

小説を読むことは、もしかしたら最も、父を喜ばせることになるかもしれなかった。だから葉太は、小説の隠し場所をあらゆるところに設け、部屋に鍵をかけ、見つからないように、万全の注意を払った。小説なんて鼻もひっかけないというポーズを、死ぬ気で取り続けた。

父が仕事場を設けてからは、家にいる時間が少なくなった分、危険は減った。とはいえ、母がいた。デリカシーのない母が、うっかり父に、葉太が本を読んでいたことを口にしかねなかった。だから葉太は、本を買わず、図書館で借りて、自室でこっそり読むことにした。

葉太が高校の合格通知を受けた直後のある日、母が終日外出し、父も取材旅行で不在のときがあった。

高校合格に気持ちが緩んでいたのか、あるいは誰もいないという状態に興奮していたのか、あまりに気持ちのいい天気だったので、葉太は庭に椅子を出してみた。庭で、本を読もうと思ったのだ。

図書館で借りてきた本を、恐る恐る広げた。数行読み出したそのとき、葉太は衝撃的な体験をした。自然光に照らされた文字が浮き上がって、体に直に、入り込んできたように感じたのだ。目や耳や唇や、粘膜や毛穴の力を借りて、文字が、あの黒い印刷文字が、次々に体内に飛び込んできた。葉太は驚き、のけぞった。本を離すことが出来なかった。

読書は脳内だけで起こる快楽のことだと思っていた。だが、そのとき葉太は、体で文字を吸収していた。ほとんど身体運動のように、読書をした。文字の羅列を、食ってしまうのではないかと思うほど、物語に共感するより、ほとんど体感するような気持ちだった。襞ばかりの自分の皮膚だったが、そのときは、感動を、まっすぐ、すべて、受け止めた。葉太の体は、つるつるとすべらかな、ただひとつの体になった。

葉太は、そんな自分に、感動したのだった。

そして今、あのとき読んだ小説の作者の新作が、バッグの中に入っているのだ。「小紋扇子《こもんせんす》」という名前、もちろん、ペンネームだ。実名は公表していないし、顔も出さない。作者は引きこもりだ。

葉太が読んだ本が、デビュー作だった。それから、十四年経っているから、引きこもりも、堂に入ったものである。

小紋の書くものは、ほとんど私小説だった。例えばデビュー作では、幼少期まで遡り、自分がどうして引きこもりになっていったか、その顚末を描いていた。幼少期は明るかった「私」が、敬愛していた祖母の女としての一面を知り、徐々に人格を狂わせてゆく。最終的には、人前でどうふるまえばいいのか分からなくなり、家から一歩も出られなくなる。

葉太は「私」の気持ちが分かった。実際、自分の肌がひりひりと痛むほどに、分かった。小紋の一言一言が、どうしようもなく自分の心を刺した。

小紋は寡作で、数年に一度しか著作を発表しない。葉太は、それを毎度待ち望み、その発表を待つことを、生きるよすがにしていたときすらあった。

葉太は苦しかった。ずっと苦しかった。

調子に乗っていないかと、常に状況を確認し、「竹一」的存在に怯え、少しでも調子に乗ると、自分をきつく戒めた。いつしか自分をそうさせるのは世界だと思い、様々なものを憎んだが、この世界で、命からがら、でも姑息に立ち回れる自分を、やはり恥じた。

そんな自分と比べ、社会との接点を断ち、「引きこもり」という、葉太にとっては勇気ある行動を取れる小紋が眩しかった。小紋は、恥を知っていた。痛いほど知っていた。父とは、まったく違う作家だった。これだけ苦しんでいる、自分以上に血だらけの小紋の言うことだけは信じられる、そう思った。

バッグの中の新作は、相当な厚みがある。発売と同時に本屋に行ったが、本棚の中、小紋の著書は、力に満ちていた。それ一冊だけ、浮き上がって見えた。

葉太は、発売から数週間経った今、やっとこれを読める自分を想像した。少し震えた。

セントラルパークは、59丁目から始まっている。

通りに、御者の控えた馬車が並んでいた。観光客用だろう。高級なホテルが並ぶ通りなのに、馬の糞が方々に落ち、独特の臭いがする。馬は何にも興味がないような顔をして、尻尾で蝿を追っ払っている。

嬉しそうな顔で馬車に乗り込む白人のカップルを見て、葉太は心の中で笑った。浮かれて馬車に乗る馬鹿め。

そしてそう思った後は、すぐに、自分を責めた。自分も同じではないか、浮かれているのは、むしろ自分の方かもしれないではないか。セントラルパークを目前にしても尚、優しい気持ちになれない自分が恥ずかしかった。葉太は馬車になど興味がないという顔をして、内心の、観光客への蔑みを、必死で消そうとした。なんてことのない顔で信号を待ち、これから待ち合わせだとでもいうように、目的がある足取りで、道を渡った。そしてその無駄な設定が恥ずかしくなり、あ、と声を出しそうになった。

葉太を、白人の太った女が、馬車の陰から、じっと見ている。ニューヨーク・メッツのTシャツを着て、色の薄くなったジーンズを穿いている。足元は、汚れた白いリーボック。湖のように青い眼は、眼球が大きすぎるのか、四白眼になっている。だから女は、普通にしていても、どこか、驚いているように見えた。

葉太がその場を離れ、振り返ると、女はもういなかった。葉太は音が立つほど強く体をはたき、パークに向き直った。

ニューヨークが舞台の映画やドラマには必ず登場し、多くのニューヨーカーに愛され続けている公園。59丁目から110丁目に及び、面積は約3・4㎢。南北約4㎞、東西約800ｍとスケールは広く、動物園や劇場、オブジェ、池などが点在している。イベントやアクティビティがあり、シーズンごとにさまざまな楽しみ方ができる。芝生でのんびりするのもいい。

7番街の突き当たりに、入り口があった。足を踏み入れると、リスがいた。焦げたような色をしていて、尻尾に、可愛らしい白い模様があった。しばらくじっと見ていると、リスは尻尾を揺らしながら、葉太の目の前を走りぬけ、大きな木を、するすると登っていった。

道の端には、ベンチが置いてある。ベンチにはプレートが貼られ、寄付した人間の名前やメッセージが刻印されている。ぽつぽつと座っている人たちは皆、静かに新聞を読んでいるか、穏やかな表情で、コーヒーを飲んでいた。道は広く、緩やかに蛇行しながら続いている。金網に囲まれたグラウンドでは、子供がカラフルな遊具で遊んでおり、別のグラウンドでは、犬たちが好きなように走り回っていた。

葉太は、シープ・メドウに行きたかった。本を読むならそこだと、決めていた。セントラルパークの映像が流れる際、必ずといっていいほど映る場所だった。とても広い、青々とした芝生の広場があり、遠くの木々越しに、マンハッタンの建物群が見える。そこには、シートを広げて眠りこける者、フリスビーに興じる者、放された大型犬、そして何より、寝転がって本を読む者たちがいた。

自分も寝転がって、本を読みたい！

途轍《とてつ》もなく「ニューヨークすぎる」映像ではあったが、そのことを無視できるほどに、葉太の願いは強かった。あの経験を、もう一度したかった。飛び込んできた文字、体で吸収した言葉たち。襞のない、つるつるとした、たったひとつの自分の体になった瞬間を、もう一度体験したかった。

しばらく歩くと、広い道に出た。

道の両端に、大きな木が植えてある。イチョウだ。黄色く染まったその木立が、遠くまで続いている。ずらりと並ぶベンチには、やはりまばらにしか人はおらず、葉太は、ベンチが空いていれば、取り合うようにしなければ座れない日本の公園を思い出した。

葉太は、イチョウの葉の黄色と、空の青のコントラストを楽しみながら、ゆっくりと歩いた。自分を追い越してゆく、はしゃいだ子供たちや、時折目につく馬の糞にさえ、優しい気持ちを持った。

道の真ん中で、黒人の若者が、ロープを器用に使って、大きなシャボン玉を作っている。シャボン玉は日の光を浴びて、虹色に光り、しばらく空中に滞在するが、突然、パチッと弾ける。葉太は、自分でも驚くほど穏やかな気持ちで、消えて行ったシャボン玉に、思いを馳せた。

だがそんな気持ちも、長くは続かなかった。

道の端で、初老の黒人が、サックスを咥《くわ》えたのだ。

男の存在には気付いていた。ベンチに座り、サックスをいじくっている初老の、しかも黒人の男性の存在を、数十メートル前から、確認していた。その佇まいだけでも、「いかにも」だった。十分だった。葉太は、あえて気付かないふりをして、穏やかな表情で、イチョウを眺めていたのだった。

それなのに今、男は、葉太の目の前で、サックスを吹き出したのだ。

ハンチングまでかぶり、なんとも哀愁のあるメロディを、セントラルパーク、黄色く染まったイチョウ並木の下で、演奏し出したのだ。

出来すぎ！

葉太は、叫び出したくなった。あの風貌を見よ。サックスの音色を聞け。あまりにもこの場に、「しっくり」きすぎているではないか。あまりに、「初秋のセントラルパークでサックスを吹く初老の黒人」すぎるではないか。

葉太は腹を立てた。吹くまでは良かった。我慢出来た。だが、吹いたとなるとアウトだ。

男のそばには、葉太をじっと見つめる、黒人の老婆がいた。左目がひどく濁っている。老婆は膝までの派手なスカートを穿き、左手を背後に回している。

十分離れてから振り向くと、老婆はまだこちらを見ていた。老婆の周りには、数人の人間が、集まっていた。もちろん、老婆を見ているのではない。彼らはあの、サックスの音に、耳を傾けているのだ。中には、「メロディに乗っていますよ」というふうに、ゆっくり体を揺らしている東洋人のカップルまでいる。

馬鹿め！

葉太は思った。

いつか演じあった女と自分のようだ。そして、祖父の葬式のときの、大人たちと自分のようだ。お互いが、お互いを鼓舞するように演じあうその状況を、だから葉太も理解出来なくはなかったが、どうか、苦しんでいてほしかった。演じている自分の状況を恥じ、調子に乗っている自分を恥じ、その数倍、苦しんでいてほしかった。

葉太は、逃げるようにその場を離れた。靴に小石が入ったのか、足の裏が痛んだが、構っていられなかった。背後から、「初老の黒人の吹く哀愁あるサックスの音色」が、いつまでも、葉太を追いかけてくる。葉太はまた、体を強く、はたいた。

空は相変わらず雲ひとつなく、ポリバケツのような青色をしている。時折葉太の頭上を、名前の分からない鳥が旋回し、やはりリスが、ちらちらと姿を見せる。

葉太は自分を焦《じ》らすように、パーク内を散策した。

しばらく歩いて、池に出た。橋のかかった大きな池だ。葉太は、ようやくサックスの呪縛から逃れた。鳥の声と、葉がこすれる音以外、何も聞こえない。鉄の柵にもたれると、ひやりと冷たかった。葉太はそのまま、しばらく池の水面を見つめていた。木の葉が落ち、そのたび波紋が広がる。

水も木も、静かだった。チーチチチ、と、鳥の鳴く声がし、不規則に葉が落ちた。

葉太はしばらく、体を休めた。指で強く目頭をおさえる。しばらくして離すと、景色の輪郭が際立った。滲んでいた池の対岸がはっきりとした線になり、枝の作る影が、濃さを増す。瞬きをすると、視界に黒いぽつぽつとした点が浮かび、それを追うと、また景色が滲んだ。今度はごしごしと目をこする。最後にぎゅっと強く目を瞑り、開くと、先ほどより強い輪郭の景色になった。緑が深くなり、池の波紋が露《あらわ》になる。数回、それを繰り返すと、目の奥の筋肉がじんと痺れた。葉太は意識して目を弛緩させ、瞼を半分閉じながら、ぼんやりと景色を眺めた。

ちらりと、視界の端に人影が見えた。ゆっくりそちらを見ると、ベンチに座った老婆が、リスや鳩に、餌をやり始めていた。老婆がパン屑や林檎《りんご》の切ったものを出すが早いか、あらゆる場所からリスが集まり、鳩が舞い降りてきた。

葉太は、小さく舌打ちをした。老婆から目を逸らし、再び景色に目をやった。輪郭を滲ませ、またくっきりと浮かび上がらせる。黒い斑点を意識して追い、また、景色に集中する。そうしていると、急に空しくなった。

ついさきほどまで、あんなに「いい」と思っていた木々や水でさえ、こちらに訴えかけてくる、喧しい存在に思えてきた。「いい感じに木陰を作り、人々を休ませる木」、「葉っぱが落ちてくるたび、静かに震える水面」すぎて、どうしようもなく、面映ゆくなってきた。冷たかった鉄の柵が、急に熱くなった。

葉太は、その場を離れた。

速度をあげた葉太を、プエルトリコ系の女が、じっと見ていた。女なのに、ほとんど禿げ上がった頭をひっつめて結び、ストッキングの中で、毛が渦を巻いている。葉太は羞恥で、わずかに眼をふせた。

「オウ！」

そのとき、背後から叫び声が聞こえた。

何事も想定内だという態度で、ゆっくり後ろを振り返ると、先ほどの老婆が、大量の鳩に囲まれて、叫んでいた。

鳩は老婆のそばで羽ばたき、大量の羽毛を撒き散らしながら、必死で餌をもらおうとしている。老婆の白い髪は乱れに乱れ、老婆は悪態をつきながら、両手をぶるぶる振り回す。

葉太は、体にみるみる力がみなぎってくるのを感じた。

そらみろ！

「セントラルパークでリスや鳩に餌をやる、心優しい老婆」め！

葉太は、胸がすく思いで、ちらちらと、老婆を盗み見た。だが、それ以上見続けるのは、危険だった。この爽快な気分を覆す、「いたたまれなさ」が、すぐにやってくるに違いない。

葉太は老婆を助けなかった。くるりと向き直り、勇んで歩きだした。その間も、老婆の、「ファック！」や、「シット！」などの叫び声が聞こえた。葉太はそれらを、かみ締めるように、口中で繰り返した。ファック、シット、ファック、シット。道はゆるやかに曲がり、いつまでも続いている。

本当に、広い公園だった。

マンハッタンのビル群は、すぐ近くにあるはずなのに、少し分け入れば、それらは全く見えず、広大な森を、ひとりで歩いているような気持ちになる。時折、背後から、はっ、はっ、という荒い息遣いが聞こえ、何事かと体をこわばらせるが、それはランニングしている白人たちの声で、葉太をちらりとも見ずに、追い越してゆくのだった。

葉太を驚かせたのは、ベビーカーを押して走っている、女たちの姿だった。車輪が通常のものより太いのかもしれないが、それでも、相当な速度で公園を走るベビーカーは、ガタガタと揺れ、中にいる赤ん坊も、それに合わせて、揺れているのだった。日本でだったら、あんなことは出来ないはずだ。赤ん坊がかわいそうだ、そこまでして走りたいのかと、すぐ糾弾されるだろう。

葉太は、最初にベビーカーでランニングを始めた女を、想像してみた。その人は逡巡しなかったのだろうか。ベビーカーを押して走るなんて、赤ちゃんの体に悪くないかしら、皆に笑われることはないかしら、そう、悩まなかったのだろうか。

どうか悩んでいてほしい。私は私、他の誰が何を言っても関係ないわ、そんな風に思う、強い意志を持った女が、葉太は一番、疎ましいのだ。自分の対極にいるから憎いのか、それともうらやましいのか。

でもここでは、母親たちが、ベビーカーを押して、力いっぱい走っている。葉太は、あの母親たちのように、臆せずベビーカーを押して走る人間になりたいと思った。そして、同じくらい強い気持ちで、なりたくないと思った。どちらの気持ちも真実で、だからこそ、葉太の手に負えなかった。

いつかテレビで、心理学者が、辛いときはスキップをすればいい、そう言っていた。

「スキップしながら苦しいことを考えるって、出来ないんですよ。」

だが、葉太には出来た。

スキップをしていても、前転をしていても、「やったー！」と拳をあげて飛び上がっていても、葉太は、ずっと苦しんでいられた。

葉太は、木漏れ日を浴びて清々《すがすが》しい、とでもいうような表情で、そして胸中、恥の苦しさに身もだえしながら、シープ・メドウを目指していた。早く行きたかった。早く行って、小紋に、自分を救ってもらいたかった。我を忘れて、小紋の世界に没頭していたかった。

誰も、そんな葉太を見なかった。ただ、ベビーカーを押す母親たちの向こうから、若い女の亡霊だけが、葉太をじっと見ていた。

１９３４年まで実際に牧草地に使われており、羊を放牧していたところから名付けられた。夏になると多くのニューヨーカーでにぎわう憩いの場。

やっとシープ・メドウに赴いたときの感慨は、だからひとしおだった。思っていた通りの場所だった。いや、思っていた以上の場所だった。芝生は青々とどこまでも広がり、遠くに、マンハッタンのビル群が、望んでいた通りにきちんと見えた。何も景色の邪魔をしていなかった、というより、無駄なものがまったくなかった。

犬がいる。大きな犬だ。リードにつながれていない。のびのびと人の間を走っている。

人がいる。大抵、寝転がっていたり、足を投げ出していたりする。中には抱き合って眠っている恋人たちもいるが、それを妨げる距離に、人はいない。十分な間隔を取っても、まだ余りある。つまり広い。本当に、広いのだ。

葉太は、走り出したい気持ちを、ぐっとこらえた。寝転がってぶあつい本を読む人々を見た。読んだこともない、英字のその小説の内容が、自分の体に入ってくるような気がした。そんなはずはなかったが、それでも、そう思った。

葉太は、ゆっくり歩き出した。

歩きながら、黒いメッセンジャーバッグを開け、ぶあつい小説に触れた。心臓が高鳴った。十代の、若い心臓のようだった。

適当な場所を見つけようと思っていたが、すべてが「適当な場所」に見えた。どの「場所」も、手放しで葉太を歓迎してくれている。そんな風に思ったのは、初めてのことだった。いつだって、何かある、何らかの落とし穴があると思ってきた。例えばこのような状況でいうと、腰掛けた芝生に犬の糞が落ちていたり、隣に座った人間が大きな声で独り言を言い出したり、そういうことだ。

だが、シープ・メドウは、そうではなかった。おいでよ、こっちへおいでよ、どの「場所」も、そう葉太に向かって手を振るが、かといって意味ありげな含み笑いは、決してしていないのだった。あくまで朗らかに、葉太を、誘うだけなのだった。

葉太は、晴れがましい気持ちになって、シープ・メドウを歩いた。人と人との間を歩いても、邪魔をしている気分にはならなかった。それどころか、目が合った人間が、こちらに微笑みかけてくるのに、葉太は、自然に口角をあげてみせさえした。

大きなレトリバーがこちらにやってきたときも、葉太はひるまなかった。

普段の葉太は犬、ことに、レトリバーを避けていた。人懐っこすぎるし、邪気がない分、こちらに恥をかかせる悪魔だと、思っていた。

「僕たちは人間が好き、そして人間も、僕たちが好き！」

そう信じて疑わないあの態度が、葉太には耐えられなかった。

レトリバーを飼っている人間のことは、さらに嫌悪していた。奴らには、いつもイライラさせられた。優しい顔をしていても、無邪気な性格であっても、レトリバーの大きさは、一般市民にとっては、脅威だ。それを考慮に入れずリードを外し、奴らの暴挙を「皆に愛される人懐っこさ」と都合よくジャッジして、「レトリバーと暮らす自分の生活レベル」に酔っている連中。ことに、公園や海にいる輩などは最悪だ。大喜びで走り回る、大きなレトリバーを放っておきながら、自分が余裕ある、優しい人間であると勘違いしている。

嫌いだった。

大嫌いだった。

だが今、嬉しそうにやってくるレトリバーを見ても、葉太は緊張しなかった。それどころか、可愛いとさえ思った。

レトリバーは、まっすぐ葉太のところまでやってきた。そして、頭を熱心にこすりつけてきた。それがちょうど股間あたりだったが、葉太は、笑っていた。頭を撫でた。無理をしているわけではなかった。そんな葉太を、寝そべっている女がちらりと見て、微笑んだ。葉太は女に笑いかけ、やれやれ、という顔をしてみせることが出来た。

「やんちゃな野郎に好かれたよ。」

とでも言うように、少し困った、だが優しい笑顔で、レトリバーに接することが出来た。羞恥は襲ってこなかった。それが嬉しくて、心の底から笑うことが出来た。

レトリバーの飼い主だろう、リードを手に持った男が、遠くから、笑いながら手を上げた。サングラスをかけ、清潔そうなシャツを着た男だ。

普段なら、リードをつなげと、心中激怒していた葉太だったが、そのときは違った。ぶんぶん振る尻尾が膝を強打しても、手や顔をべろべろ舐められても、笑って手を振るのだった。

出来る。そう思った。

この場所でなら出来る。何だって出来る。

こうやって知らぬ飼い主に手を振ることだって、ウィンクすることだって、地球のすべてを愛することだって、出来そうだ。

葉太は、心から優しい気持ちになった。そして、レトリバーに押し倒されるままに、腰を降ろした。ここだ、と自分で決めたのではなく、成り行きで座ることになってしまったのが、また好ましかった。

レトリバーは、葉太の顔や首を、散々舐めていたが、やがて、やってきた飼い主に連れられて行った。飼い主は葉太に、「パードン」と言い、優しく手を振った葉太に、「ハブアグッデイ」と言った。葉太はもちろん「サンキュウ」と返した。もしかしたら「サンクス」とすら、言えたかもしれなかった。いや、「ユートゥー」の方が、粋だったたか。

葉太は、あの自分が「粋」を追求しようとしていることに、感動すら覚えていた。

今の俺は、なんと苦しみから遠い場所に、いることだろう。

葉太は、幸福な勢いそのままに、ごろりと寝転んだ。腹に乗せたメッセンジャーバッグがずしりと重かったので、それを体から外し、脇によけた。

いよいよだ。

いよいよ、この作家の、この新作を、この場所で読める！

葉太は寝転がりながら、そっとバッグを開けた。中に手を入れると、左手がひやりとした。自分を焦らすため、しばらく本の角を指でなぞっていたが、やがて待ち切れなくなり、本を取り出した。やはり、ずしりと重かった。寝転がりながら読むと、すぐに疲れるかもしれない。葉太は、体を起こして座りなおし、自分の影で、太陽光を少し遮りながら、読むことにした。

表紙を撫でる。

色鮮やかな街並みの絵に、大きな「舞台」の文字。小紋の作品にそぐわない装丁の明るさがかえって、小紋の心の闇を予感させる。

葉太はしばらく、『舞台』を撫でていた。ざらりとした紙の感触が、とても心地よかった。高鳴る胸もそのままに、大きく深呼吸をし、おもむろに、ページを開いた。

そのときだった。

嫌な臭いがした。何か、化学薬品を焦がしたような臭いだ。顔をしかめる間もなく、背後から黒い影が葉太を覆った。その影から、にゅうと、人間の手が伸びてきた。白人の、毛むくじゃらの手だ。そしてその手が、葉太のメッセンジャーバッグを掴み、そのまま持ち上げた。

一瞬だった。

見上げると、逆光で男の姿ははっきりと見えなかったが、髭を喉まで生やし、禿げあがった頭をしていることは分かった。そして、葉太の目を最も奪ったのは、黒いTシャツに書いてある「まさか」という文字だった。

流行っているのか？

次の瞬間、その男が、葉太のバッグを持って走って行く姿を見た。見た、というより、見送った。男は、こちらを振り返ることもなく、葉太の黒いバッグを持って、シープ・メドウを、驚くほどの速さで走り去って行った。

葉太は、やっと気付いた。

バッグが盗まれた。

葉太は、呆然と、まさに呆然とした。

追いかけようか、と思った。だが、体が動かなかった。では、叫ぼう、そう思った。男が走っているあたりには、まだ人がまばらにいる。大声で叫べば、誰かが捕まえてくれるのではないか。

隣に座っていたカップルが、走ってゆく男と、葉太を、交互に見ていた。彼らだけではない。葉太の周囲にいる人間が、皆、いぶかしげに、葉太を、そして、走ってゆく男を、見ているのだった。

叫ぼう。

だが、なんて言えばいいのだ。

葉太は、はっきり混乱していた。周囲の人間が、葉太を見る。中には、語尾を上げて何か聞いてくる人間もいる。盗まれたのか、とか、そういうことを言っているのだろうか。それとも、あれは知っている人間なのか、か？　いや、まったく違うことを聞いているのかもしれない。

ぼんやり座って、お前は馬鹿か？　と、言っているのかもしれない。

業を煮やした、といった感じに、カップルの男のほうが立ち上がった。葉太を見て、そして、男を指さし、何か言っている。少し、怒っているようにも見える。追いかけろよ、と言っているのだろうか。分からない。分からなかった。そして葉太は、叫ぶことも、走ることも出来ずに、ただ座っているのだった。

最終的に葉太が選んだことは、笑うことだった。

涼しい顔をして、薄く、笑うことだった。

葉太は、へらへらと笑い、笑い、笑った。

そのときの葉太は、自分史上最も強大な恥の意識に、がんじがらめにされていた。

そもそも英語で、「泥棒」とどう言うのかが、分からなかった。うっかり間違った単語を叫んでしまった場合、自分はやはり、パークにいるアメリカ人たちの、笑いものになるだろう。

もちろん、泥棒、と、日本語で叫んでも、必死でさえあれば、伝わったはずだ。何しろ、遠くに、バッグを持って走ってゆく男の姿があるのだから。だが、やはり必死、というものを、葉太は避けてきたのだった。ずっとずっと、避けてきたのだった。

さまざまな羞恥に縛られた葉太だったが、結局、このセントラルパークで、シープ・メドウで、大好きな作家の本を読もうと思っていた自分がバッグを盗まれたことが、恥ずかしかった。

浮かれていた。

はしゃいでいた。

そんな自分を制することなく、とことんまで楽しんでいた自分と、このような公共の場で、白昼堂々とバッグを盗まれる自分との、落差。

こんな大きな落差が、今まであっただろうか。

おはじきではしゃぐ自分と、おはじきが歯の間から取れなくなった自分。チョコレートをもらった自分と、黒子に毛が生えていた自分。そのどれも、今のこの状況とは比較にならなかった。

葉太は、笑った。

今まで演出してきたどの笑いより明るく、無意味で、破壊的なニヤニヤ笑いを、してみせた。それしか出来なかった。

バッグ？　たいしたものは入ってないからいいんだ、と。

あいつ？　知り合いなんだ、ふざけててさ、と。

何でもいいから、周囲の人間、いぶかしげな顔で自分を見ている人間たちよ、どうか落ち着いてくれ、そしてもう、俺を見ないでくれ。葉太は願った。

周囲の人間は、動こうとせず、ニヤニヤ笑っている葉太を、もはや気持ちの悪いものを見るような目で見ていた。

葉太は、笑い続けた。積極的に頭の悪い男を演じることは出来なかったが、この笑いが、じわりじわりと、皆に「あいつ、ああいう奴なんだ」という感情を植え付けることになればいいと思った。

遠くに、あのレトリバーが見えた。

尻尾を振って、細い女や屈強な男、目についたあらゆる人間に飛びついている。節操のない奴だ。だがその節操のなさ、屈託のなさ、人を信じる純粋な気持ちを、人は愛するのだ。

葉太は、あのレトリバーになりたかった。人生で今この瞬間ほど、レトリバーになりたいと願った瞬間はなかった。だが、その願いの切実さとは裏腹に、葉太は相変わらず、ニヤニヤと、笑い続けているのだった。

周囲の人間は、はじめこそざわついた雰囲気を見せていたり、葉太に話しかけてきたりしていたが、やがて飽きたのか、徐々に葉太から離れて行った。

この場を去ろうという気は、葉太にはなかった。今は。ここで葉太が動けば、周囲の人間は、葉太を見るだろう。中にはまた、葉太に話しかけてくる人間が、いるかもしれない。ひそひそと話をし、葉太を笑う人間も、いるだろう。

葉太は、出来る限り、先ほどの事件を知っている人間が、この場から去るまで、ここにいようと思った。今までで、一番リラックスしている自分を演じて、あんなことは何でもなかったのだと、皆が思うようになるまで、ここにいるのだ。

一番リラックスしている状態とは何か。眠ることだ。葉太は、ううんとひとつ伸びをして、ゆったりと静かに、横になった。口角をあげることも忘れなかった。首の後ろに芝生がちくちくとあたり、太陽がまっすぐ体を温める。なんて気持ちのいい場所なんだ。そしてこの場所で、今の自分は、なんと、死に近いことだろう。

葉太は、眠ろう、本当に眠ろう、そう思っていた。だが、心はもちろん、盗まれたバッグに囚われていた。

バッグの中には、「ほとんどすべて」が入っていた。財布、パスポート、カメラ。金庫があっても使う気がなかった葉太だったが、今では、金庫のない滞在先を、心から、心から憎んだ。訴えてやろうかとすら思った。もちろん、そんなことは出来るはずもなかった。

こういうとき、どうすればいいのか。

チケットは往復で取ってあるが、それはバッグの中だった。パスポートさえ見せれば大丈夫のはずだが、それも、バッグの中だった。

パスポートの紛失は、日本総領事館に行けばいい。現金がなくても、日本に帰国してから代金を払うことは出来るだろう。何より、領事館には、日本人がいるはずだ。それは分かっている。一刻も早く、行くべきなのだ。

だが。

葉太は思った。

きっと、いつニューヨークに来たのか聞かれるだろう。聞かれなくても、航空会社で履歴を調べれば、自分が昨日来たばかりだということは、分かるだろう。そしてことのあらましを伝えれば、

「初日で盗難（笑）。」

そう、笑われるに違いない。なんて間抜けな奴なんだと、馬鹿にされるに違いない。もっと悪いのは、哀れみの目で見られることだった。それは避けたかった。絶対に避けたかった。

葉太は、少なくとも今日は、領事館に行くのはやめることにした。

訪米してから、どれくらいの日数で盗難に遭えば、自然なのだろうか。笑われずに済むだろうか。最終日近くで盗まれたとしたら、

「今まで散々浮かれていただろうに、最後にこんな落とし穴が、ねぇ……（笑）。」

そう思われるかもしれないし、ここは、三、四日目に盗まれたことにしようか。とにかく、今日と最終日は避けなければ。

領事館に行く前に、警察に届け出たほうがいいのだろうか。ことのあらましを正直に申告したほうが、僅かでも発見される確率があがるかもしれない。

葉太の頭は、これ以上ないほど混乱していた。

今や、あの可愛いレトリバーでさえ、仕組まれた壮大な罠なのではなかったか、そう思えた。葉太を油断させるために送られた、悪魔の刺客なのだ。

第一、「まさか」と書かれたTシャツの男に、二度も出くわすのが怪しい。この状況の「まさか」感と、リンクしすぎている。やはり力だ。大いなる力が働いたのだ。自分はその、大いなる力の渦中にいたのだ。だが、何のために?

葉太は思った。

どうして、俺を苦しめるんだ。

俺が、何をしたっていうんだ。

シープ・メドウは、どうしても来たかった場所だったんだ。ほんのささやかな夢をかなえるためにここに来て、やっと来て、そして、少しばかりはしゃいだからといって、この仕打ちはひどすぎる。俺のことが嫌いなのか。そうだろう。

お前は、俺のことが嫌いなんだ!

葉太は、憎んだ。大いなる力を、過去なかったほどに、憎んだ。これから俺は、お前のことなどもう、何も信じない。それどころか、お前に唾を吐いてやる。お前を、辱めてやる。葉太の心中で、恐ろしい憎悪の炎が、めらめらと燃え上がった。それは熱く、葉太自身をも、焼き尽くしてしまいそうだった。

だがもちろん、葉太は、傍目《はため》には、気持ちよさそうに眠る、東洋の若い男だった。今葉太は、右腕を頭の下に折り曲げ、横向きになって眠っていた。膝を軽く曲げ、静かに、静かに眠っていた。その姿は、シープ・メドウのおおらかで健康的な景色に、とてもよく似合っていた。

そしてハタと、自分のいる場所が、あんなに憧れた場所が、「シープ・メドウすぎる」ことに、今更ながら気付いた。

葉太は、「ああ！」と、叫びそうになった。

何が「この場所でなら何だって出来る」だ。何をにやつきながら、レトリバーを撫でていたのだ。「シープ・メドウすぎる場所ではしゃぎ、浮かれ、我を忘れた馬鹿」、それが俺だ。バチが当たって当然だ。

葉太は全身に汗をかいていた。真夏でもかかないほどの、熱い汗だった。

葉太はひとしきり、憎悪の業火を燃やし続けた。心の中で、思いつく限りの罵詈《ばり》雑言《ぞうごん》を、浴びせた。自分に。時々、のんびり頰を撫でたり、欠伸《あくび》をするのを忘れなかったが、その心中で、自分を殺した。何度も、何度も、殺した。

ふと目を開けると、そんな葉太を囲むように、三人の亡霊が立っていた。葉太をじっと見ていたが、葉太はもちろん、驚かなかった。

盗難に遭ったら

すぐ警察に届ける。所定の事故報告書があるので記入しサインする。暴行をともなわない置き引きやスリの被害では、被害額がよほど高額でない限り捜索はしてくれない。報告書は、自分がかけている保険の請求に必要な手続きと考えたほうがよい。

パスポートをなくしたら

パスポートをなくしたら、すぐ在外公館で新規発給の手続きを。申請に必要なものは①顔写真（2枚）、②パスポート紛失届出証明書（現地の警察で発行）、③戸籍謄本または抄本、④旅行日程などが確認できる書類。

葉太がセントラルパークを出たのは、昼をとうに過ぎた頃だった。

葉太は実質、五時間も寝転がっていたことになる。隣にいたカップルは、とっくに引き上げていった。レトリバーは新たに、かわるがわるやってきて、周囲を走り回っていた。

葉太はもちろん、ただ眠っているふりだけをしていたわけではなかった。小紋扇子の『舞台』を広げ、読もうと努力した。だが、内容がまったく頭に入ってこなかった。

あれほど楽しみにしていた新作、日本でも、機内でも読みたい気持ちを抑え、我慢に我慢を重ねた末に開いた本を、まったく、読むことが出来なかった。

葉太は絶望し、そして、小紋を裏切ったような罪悪感にもさいなまれながら、パークを歩いた。朝、腹につめこんだ不味《まず》いアメリカンブレックファストは、すっかり消化されていた。葉太は、トイレにも行っていなかった。空腹と尿意を抱えながら時計を見ると、もうすぐ三時になるところだった。

葉太はとにかく、滞在先に戻ることにした。

パークを出て左へ折れ、5番街を南に下る。まっすぐ行けば、滞在先まで25ブロックほどだ。25ブロック。パークに来るまでは、目に入るものすべてが新しく、あっという間の距離だったが、今、葉太が歩いてゆかねばならない25ブロックの、なんと遠いことだろう。

今現在、葉太に残されているのは、『舞台』と、ポケットの中の十二枚の1ドル札、スマートフォンと、滞在先の鍵だけだった。

葉太は、僅かでも希望のあることを考えようとした。

まず、鍵があって良かった。滞在料金は先払いしてあるし、少なくとも一週間は、部屋にいられる。ミネラルウォーターを買う金がなくなったら、部屋の水道水を飲もう。腹のことを考えれば危険だが、やむをえまい。そして、スマートフォンがあって良かった。どこか無料のＷｉ－Ｆｉスポットを探せば、情報はそれで得られる。そして、良きところで領事館に行き、やれやれ困りましたよという体で盗難の相談をしよう。決して、あせった顔は見せまい。

セントラルパークで盗まれた、というのは格好がつかないので、ちょっと危険なエリアに行った際、数人の男に囲まれて強奪されたことにしたほうがいいだろうか。だが、大事《おおごと》になるかもしれない。セントラルパークで盗まれたのはいいが、目の前で堂々と盗まれたのではなく、何かに気を取られた際、うっかりしていたらもう荷物はなかったことにするのは？　「うっかり」は同じだが、男が走ってゆくのを見送ったのと、盗んだ男の姿が、影も形もなかったのでは、「仕方がない」度が、全く異なる。日本とはわけが違うのだから注意しないとだめですよ、などと叱責された場合は、はあすみません、と、根がのん気な人間を装えばいい。

のん気な人間には、随分と憧れてきた。

葉太は、いつだってキリキリしていた。忘れ物はもちろん、ものを盗まれることなど、あるはずもなかった。

今の自分は、小園と同じだ。はしゃいで財布を落とし、皆に気を遣われながら、残りの日程をこなしていた、惨めな小園と。いや、周囲に見知った人がいない分、小園のような恥をかかなくて済むが、その分、誰にも助けてもらえない葉太は、もしかしたら、小園より悲惨なのかもしれなかった。

鍵を開けて、部屋に入った途端、葉太はくずおれた。

隅に置いたスーツケースは、きちんと鍵がかかっていたが、その鍵は、なんと、バッグの中なのだった。そのことに、今気付いた。

おしまいだ。

どうしてスーツケースを開けっ放しにしておけなかったのか。葉太の友人たちなら、きっとそうしたに違いないし、葉太も、その友人たちと一緒にいたなら、そうしただろう。無頓着な自分を演じ、スーツケースを放り出して、早く街に行こうぜ、そう言ったに違いなかった。

だが、葉太はひとりなのだった。初めて、海外旅行に来たのだった。鍵をかけていたとしても、スーツケースをそのまま持っていかれたらどうしようもないのに、それでも葉太は、スーツケースが大きく口を開けた状態で置かれているのを、そのままにしておくことが出来なかった。閉じた。そして、閉じたからには、鍵を閉めたくなった。そうした。そんな自分を、今、心から恨んだ。

葉太は、クローゼットにあった針金のハンガーや、枕元に置いてあったペンを使って、鍵を開けにかかった。鍵穴に針金を差込み、ペンを差込みしていたが、やりながら、こんなことで、開くはずはないと分かっていた。

それでも数十分、鍵と格闘していた葉太だったが、やがてあきらめた。ベッドにごろりと横になったとき、目頭がじわりと熱くなった。

いけない。

泣いてはいけない。

必死で涙をこらえた。この状況で泣くのは、あまりに惨めすぎる。

葉太は顔の筋肉を意識し、口角を無理に上げた。自分は今、街歩きに疲れ、ちょっと滞在先で休憩している男だ。そう考えた。考えた途端、ベッドで無理に口角を上げている、間抜けな自分を恥じた。もちろん、苦しかった。

体をはたく代わり、葉太は力任せにベッドを数回はたいた。ぶわ、と、埃が舞い、その埃の中、ベッドの足元に、白人のティーンエイジャーが立っているのが見えた。葉太の知らないアニメのTシャツを着て、エメラルドグリーンのジョギングパンツを穿いている。

葉太は目をつむり、本当に眠ろうと努めた。そのために必死で、安心材料を探した。

スマートフォンの充電器は、枕元に差してある。

バスルームも、きちんと機能する。昨晩はシャワーを浴びただけだったので、石鹸やボディソープの類はないが、歯ブラシと歯磨き粉はある。数日同じ洋服、下着は辛いが、今は十月、そんなに汗をかく時期ではないし、いざとなったら部屋で洗えばいい。乾かなくても、衣服を着ている分には問題ない。どうしても気になるのなら、その日は一日、部屋にいればいいのだ。

部屋を掃除しに来る人間がいない分、ホテルでなくて良かった。チェックアウトは、部屋のゴミを捨て、鍵を管理人室のドアの下から入れておけばいいと、利用規約に書いてあった。

そうだ、自分の選択は間違っていなかった。

忌々しい思いもあるが、しゃらくさい父の言う通りにしたおかげで、助かったのだ。

あと四日だ。いや、あと三日でいい。我慢したら、領事館へ行き、すべてを終わらせることが出来る。そう思った途端、どっと疲れが出て、眠り込んだ。


目覚めると、デジタル時計は、午前一時を示していた。

部屋は真っ暗だったが、バスルームの明かりが、こちらに薄く漏れている。葉太は尿意を感じて、ずるずると体を引きずるように、バスルームに向かった。蛍光灯の明かりが、ぼんやりと薄暗く、寂しさをあおる。今この瞬間、なによりも「異国にきた」と実感した。小便は異様に黄色くて、いつまでも終わらなかった。レバーを押すと、日本のトイレとは違い、申し訳程度の水が、チョロチョロと流れるだけだった。

葉太はベッドに戻った。寒くはなかったが、シーツを体に巻きつけ、しばらくじっとしていた。

空腹だった。

それはそうだ。昨日、まずいアメリカンブレックファスト12ドルを食べたのが、最後だった。葉太は、もう十六時間ほど、食べ物を口にしていないのだ。腹が、ぎゅう、と鳴った。

もう一度眠ろうと思っても、なかなか眠れなかった。時差ぼけだ。何か食べ物はなかったかと考えたが、あるはずもなかった。かといって今から外に出て、なけなしの12ドルを使う気には、もちろんなれなかったし、深夜に外に出るのは、怖かった。過ぎてくれ時間、葉太はそう思いながら、強く目を瞑った。

数分そうしていた。葉太は眠るのをあきらめて、『舞台』を開くことにした。昼間、全く頭に入らなかったそれを、いちから読もうと思ったのだ。腹は鳴ったが、そう決めると、少しだけ気持ちが楽になった。

ページをめくって、しばらく新しい本の匂いを嗅いだ。乾いた紙の匂いですら、食べ物に結びつくようだった。乱暴に腹を撫でた。

葉太は、少しずつ読み進めた。だがやはり、内容が頭に入ってこなかった。セントラルパークのときと同じだ。自分の心を、あんなに強く引き付けた小紋の文章が、バッグを盗まれた、腹が減った、それだけの理由で、全く頭に入ってこないとは。葉太は、自分の下劣さを呪った。自分に失望しながら、本を閉じた。

ベッドに置かれた『舞台』は、今までの輝きを失い、どこか所在なげに見える。葉太は、好きだった表紙をなぞり、泣き出しそうになるのをこらえながら、もう一度時計を見た。二時にもなっていなかった。ため息をつき、何度も寝返りを打ったが、やはりどうしても、眠れなかった。

葉太はベッドを出て、窓辺に行った。

古いブラインドをつまんで、外を覗く。中庭に面しているので、壁しか見えない。葉太の部屋以外の三方にも、葉太の部屋と同じような窓がついている。どの部屋も真っ暗だ。葉太と同じように、短期滞在で来ている人間が宿泊しているのだろうか、それとも、誰もいないのだろうか。

葉太の部屋は四階だ。見上げると、この建物は、もっともっと上階まであるようだった。窓に顔を貼り付けるようにして、上の方を見ると、灯りがついている部屋がふたつあった。数を数えると、六階と、八階にひとつずつ。

自分と同じように、あの部屋の人間たちも、眠れないのだろうか。だが今、自分のような気持ちで起きている人間は、この中にはいないだろう。そのことに、たまらなく腹が立った。目を転じると、下の階は、すべて真っ暗だった。

ガラスに額をつけると、僅かな振動が伝わってきた。ゴリ、ゴソ、と、壁の中で音がする。ニューヨークには鼠が多いと、以前テレビで言っていた。窓際にはオイルヒーターがあるが、今は、しんと静かだ。葉太はオイルヒーターの輪郭を、異常な丁寧さでなぞった。すべてなぞり終わっても、三分も経っていなかった。

人影が見えたような気がして、上を向くと、六階の窓を、黒い影が横切った。葉太は窓に額を貼り付けた。しばらく待ったが、もう誰も横切らない。葉太は、自分の部屋の電気をつけてみた。どうしようというわけではない。だが、なんとなく、気付いてほしかった。眠れない人間が、同じようにここにいることに、そして、こんなに不安な気持ちでいることに。だが六階の窓には、それから人影が映ることはなかった。

ニューヨークで日本のコンビニのような役割なのがドラッグストア。デュアン・リードduane readeを筆頭に、シーヴイエスCVS、ライトエイドRite Aid、ワーグリーンズWalgreensといったドラッグストアをよく見かけ、薬以外にも雑誌、化粧品、飲料やスナック類などを取り扱っている。

葉太が寝入ったのは、明け方だった。

ブラインドのある窓から、薄い光が入ってきていたのを、朧《おぼろ》に覚えている。目が覚めると、べちゃべちゃと、雨の降る音がした。薄暗いのは、そのせいだ。時計を見てみると、まだ七時を過ぎたところだった。葉太は、これから始まる一日の長さを思って、気が遠くなった。

空腹は耐えがたかった。水すら飲んでいないのだ。やはり水道の水は、怖くて飲めなかった。

三日我慢すればいいのだから、一日4ドルは使える。まず、水を買うことにした。500㎖のペットボトルで、確か2ドルだった。高い。残りの2ドルで、食べ物をなんとかしなければいけない。

昨日外に出た際、すぐ近くにCVSを確認していた。二十四時間営業であることを願いながら、葉太は外に出ることにした。これ以上部屋にいることに、耐えられなかった。

靴下の臭いを嗅ぐ。もう臭ってきていたが、靴を履くから、大丈夫だろう。パーカー、Tシャツも、特に問題はなさそうだ。葉太はたわむれに、もう一度スーツケースの鍵穴をがちゃがちゃとやってみた。びくともしなかった。

部屋の鍵をかけ、何度か扉をチェックする。もう取られるものなどないのに、それでも丁寧に確認してしまう癖が抜けないことが、葉太は恥ずかしかった。

音に比べ、雨は細く、傘は必要なかった。少し寒かったが、耐えられないほどではない。周囲を見ても、傘をさしているのは、数人だけだった。皆、思い思いの場所へ、意思のある足取りで歩いている。葉太はそのことが、たまらなく羨しかった。スタバのカップを持って歩いている、ビジネスマン風の男がいる。「コーヒーを飲みながら5番街を颯爽と通勤する男」の、あまりの「らしさ」が、鼻についた。恥を知れ、そして、俺のように、恥をかけ。そう念を送ったが、男は、そんな葉太の気持ちには、もちろん気付くことなく、大またで歩いて行った。コーヒーが飲みたかった。だが今の葉太には、スタバのコーヒーに金をさく余裕など、あるはずもなかった。

幸い、CVSは、もう開いていた。24HOURSと、ガラスに書いてある。広い店内には、葉太が驚くほどの数の客がいた。中に、グリーティングカードを熱心に選んでいる黒人がいる。葉太の視線に気付いたのか、男もこちらを見たが、すぐに目をそらした。

葉太は、うろうろとスーパー内を歩いた。蛍光灯に照らされた商品を見ていると、ふと、父のことを考えていた。

今までの経験から、亡霊は生前立ち寄ったことのある場所に現れるようだった。父はここには来なかったのだろうか。だが、どこかのドラッグストアには、必ず立ち寄ったはずだ。パスポートも財布もバッグも着替えも持ち、潤った気持ちで、商品に触れていたに違いない。帰国後、皆に、いかにニューヨークを「暮らすように楽しんだか」を報告することを想像しながら、わくわくした面持ちで、周囲の人間を観察していたはずだ。センスのある土産物は何か、どこへ行けば通だと思われるか、そんなことばかりを考え、そして金の心配など、決してしなかっただろう。

悔しかった。

今自分は、2ドルの水を買うのに、こんなにも逡巡している。陳列している菓子やパンも、葉太にとっては、あまりに高い。なにより頭を覆っている、この暗い塊。不安、心細さ、情けなさ、それらすべてを足して余りある恐怖に、葉太はなんとか持ちこたえていた。

日本に帰ったら、皆に言おう。

「パスポートとか全部盗まれてよ、金もねぇし、大変だったよ。」

そう、笑いながら、言おう。皆、驚くだろう。お前、よくそれで平気でいられたな、と、俺の余裕に、皆は感嘆するはずだ。

大学生のとき、同じ学部の男が、インドへバックパッカーとして旅行に出かけた。帰国後、すっかりやせ細り、髭にまみれた彼から話を聞き、葉太も、同級生も驚いた。彼は、インドでパスポートや財布、諸々大切なものを盗まれ、数週間、物乞いをして過ごしていたというのだ。結局声をかけてくれた日本人に、大使館まで連れて行ってもらい、帰国出来たのだったが、帰国後、彼はしばらく学部のヒーローだった。男は、つまらないことで己の「男度」をひけらかそうとする。どれだけ汚い宿に泊まったか、どれだけ危険な目に遭ったか。どれだけ、無鉄砲な旅をしてきたか。修学旅行で財布をなくすのとは、どだい訳が違う窮地を、男は何度となく乗り越えなくてはならないのだ。

葉太は皆と同様、彼を眩しい思いで眺めながら、一方で憎んだ。馬鹿め、己の武勇伝のために、大使館や日本政府に迷惑をかけているんじゃないか。だがその怒りはそのまま、葉太の嫉妬だった。自分では、そんなことは決して出来ないだろう。今までの人生で、消しゴムすら忘れたことがない自分が、パスポートを盗まれるなんてありえなかった。何も取られるものなどない部屋の扉の鍵を、何度も確認するような男なのだ。

だが、今はどうだ。

すべてだ。すべてを盗まれたのだ。

しかも、初日に。

暗い気持ちのどこかで、これだけ臆病で慎重な自分が、一瞬でも心から「気を抜くことが出来た」ことに、光を見たような気がした。少し、元気が出た。

頑張れ俺、帰国して皆に話せるまで、頑張れ。

飲み物のショウケースに、自分の顔が映った。店内の蛍光灯のせいか、それともショウケースの色のせいか、随分青白かった。このまま髭を伸ばすと、どうなるだろうか。髭剃りはスーツケースの中だから、自然、伸ばすことになるだろう。自分の整った顔に、髭は今まで、似合ったことがなかった。葉太は、もうすでに伸びてきている髭を、二、三度撫でた。掌《てのひら》に、ざらりとした違和感が残った。

散々商品を物色し、一番安くて量の多い水と、チョコレートがたっぷりかかったパンを選んだ。レジに持って行くと、3ドル88セントだった。貴重な4ドルを、これに使ってしまってよいのか何度も逡巡したが、金を払った。

店を出るとき、あの黒人の男が、レジに歩いてくるのが見えた。やっと選んだのか、手に、赤いカードを持っている。「HAPPY　BIRTHDAY」と、書いてあった。何故かその言葉が、葉太の胸を打った。悲しくないのに、また泣き出しそうになった。

いけない、絶対に泣いてはいけない。

葉太は下唇をわずかに噛み、少し微笑みながら、早足で店を出た。胸の中で号泣していたが、顔は穏やかに微笑みながら、「ドラッグストアで望むものを購入した男」を演じた。苦しくて、息があがった。道路を渡ると、あのアニメのTシャツを着て、ジョギングパンツを穿いた少年が、今度は外で、葉太のことをじっと見ていた。

鍵を開けるのも、もどかしかった。部屋に入ってすぐ、葉太は、立ったままパンにかぶりついた。かぶりついた途端、チョコレートの甘さが、脳内で、「どん！」と、音を立てたように思った。

美味い。

美味すぎる。

こんな美味いパンは、初めてだった。今まで食べたどんなパンも、この2ドル足らずのパンには、遠く及ばなかった。葉太は水も飲まず、数秒で食べきってしまった。あまりに急いで食べたので、途中むせたが、鼻にあがってきたパン屑すら、美味かった。パンは大きく、水を飲むと、胃の中でふくれ、小食の葉太をすっかり満足させてくれた。

葉太はさらに、水を半分ほど飲み、げふっと大きくげっぷをした。げっぷをした途端、気が緩んだのか、屁まで出た。プウと、間抜けな音だった。葉太は、声を出して笑った。バッグを盗まれてから、初めて笑った。いや、ニューヨークに来てから、初めて本気で笑ったのかもしれなかった。

大丈夫だ。

俺は、大丈夫だ。

無鉄砲で油断していて、のん気な俺だ。屁までしてやがる。大丈夫だ。大丈夫だ。

葉太は、ベッドに横になった。普段そんなことはしないのに、おおげさに、倒れるようにして寝転がった。満足した体で、これからなんだって出来る、そんな気持ちになった。

クレジットカードをなくしたら

大至急クレジットカード会社の緊急連絡センターに電話し、カードを無効にしてもらう。警察に届けるより前に、この連絡をする。

再び不安の塊が襲ってきたのは、昼近くになってからだ。

葉太はベッドで、再び『舞台』を開いたのだったが、相変わらず集中出来ず、集中出来ないことに苛立って、色々と考え始めていた。

盗まれた財布には、クレジットカードも入っていた。そのことを今さらながら思い出し、すでに不正に使われているのではないかと、すさまじい不安に襲われた。クレジット会社に電話をしようにも、電話番号が分からないし、ここはＷｉ－Ｆｉが通じていないのだった。

「くそ。」

Ｗｉ－Ｆｉを無料で利用するには、スタバかマクドナルドに行かなければならない。そう思った途端、腹が鳴った。自分の不安は、空腹と結びついているのだろうか。葉太は己の体と心の単純さが恥ずかしかった。だが、ハンバーガーやポテトのことを思うと、いてもたってもいられなくなり、結局、部屋を出た。

雨は、朝より強くなっていた。折りたたみの傘はスーツケースの中なので、葉太はフードをかぶって歩いた。多くの人が傘をささずに歩いている。そのことが心強かった。

７番街を右に折れるとき、葉太の目に、ある言葉が飛び込んできた。「ＰＩＺＺＡ 90¢」の文字である。

90セント？

葉太は、弾かれるように、その看板のある店に向かった。一坪ほどの小さな店内にピザのショウケースがある。テイクアウト専用の、デリのようだった。中に入ると、ピザの良い香りがした。腹がまた、ぐう、と鳴った。その健やかな音に、勇気を得た。

ピザ屋なのにアラブ人風の男が、無愛想な様子で、レジに立っていた。葉太は迷わず、マルガリータピザを注文した。ほとんど具は載っておらず、ショウケース越しに見ても、みるからに乾いていたが、相当大きかった。

ここだ、葉太は思った。

腹が減ったら、ここに来ればいい。90セントで、このボリュームとは。

飲み物は何も頼まなかった。普段の葉太なら、気を使って、欲しくもないコーラやコーヒーを頼んだだろうが、今は、そんな見栄など張っていられなかった。

90セントのピザだけを頼んだ葉太を、男が特別な目で見ることはなかった。ただ、面倒くさそうに、ショウケースからピザを取り、葉太に手渡した。その無愛想さが、葉太にはありがたかった。

葉太はその場で、立ったまま、ピザを頰張った。これまでだったら「どれだけ腹が減ってるんだ」と思われるのが嫌で、新幹線の中で駅弁を食べるときも、新横浜駅を通過するのを待っていたほどだったのに。葉太はもう、待ちきれなかった。それに、待ちきれない自分を恥ずかしいと思う余裕も、なかった。

美味い。

美味すぎる。

やはり空腹の威力はすごい。乾いた、ほとんど具の載っていないピザを、こんなに美味いと思うなんて。そして、人の目を、こんなにも気にしないですむなんて。

こうやって腹をすかし続けていたら、自分もいつか、苦しみから解放されるのではないだろうか。釈迦《しやか》や、数多《あまた》の修行僧が、解脱のために断食するのが、葉太には分かる気がした。無我の境地は、肉体を徹底的に追い詰めることで得られるのだ。

葉太はピザも、あっという間に食べ終えてしまった。一息ついたところで、急に店員の存在が気になりだした。ちらりと見ると、自分の携帯電話を、熱心にいじっていて、葉太のことなど、見向きもしなかった。

ここだ。

改めて、葉太は思った。

この、客に対して、徹底的に無関心な感じも良い。これなら今後、何度でも来ることが出来る。

すっかり満足して、葉太は口元を拭った。その途端、はっとした。

飯を食うのが目的ではなかった。FREE　Wi-Fiの使える場所へ行き、クレジットカード会社の電話番号を知ることが目的だったのだ。

自分はどんどん、間抜けになっている。何かを演じる暇もないほど、自分の脳は弛緩し、限りなく「まるごしの自分」に近づいている。葉太は嬉しかった。つい数分前の気持ちを忘れ、葉太は、クレジットカードのことなど、どうにかなるとすら思えるようになっていた。

「まさか」の男は、朧にしか覚えていないが、頭の禿げ上がった髭もじゃの白人のようだったし、どう見ても金持ちには見えなかった。自分のカードのサインには、漢字で名前が書いてある。カードを使おうとして店員に怪しまれ、通報された方が、かえっていいかもしれない。

ちょうどいい具合に、雨も小降りになってきた。葉太は店員に礼を言い、無視されたのも気にせず、外に出た。パーカーをかぶり、先ほどより勇ましい様子で歩いた。タイムズスクエアを通るとき、わずかに身構えたが、昨日のような恥ずかしさは、全く感じなかった。何せ今、自分には「何もない」のだ。観光客の「はしゃぎ」から、一番遠い男なのだ。

ふと思いついてスマートフォンを見ると、なんと、Wi-Fiが飛んでいた。タイムズスクエアのFREE Wi-Fiだ。小躍りしたい気分だった。ついてる、そう思った。何もかも、自分に味方してくれているのではないか。

早速接続し、クレジット会社の電話を調べた。

濡れないよう、みやげ物屋の軒先に入って、電話をかける。しばらく、プ、プ、と、回線をつなぐ音がし、二コール目で、音声ガイドにつながった。

「お電話ありがとうございます。アビオカードお客様センターです。」

機械の声とはいえ、日本語を久しぶりに聞いた。実際は日本を離れてから、まだ二日しか経っていなかった。葉太は、電話の声に耳を澄ませた。

案内に従ってボタンを押すと、やがて、オペレーターにつながった。

「お待たせいたしました。アビオカード若竹です。盗難、紛失のお届けでしょうか？」

若い女が出ると思っていたのに、男だった。日本は深夜だからだろうか。葉太は、僅かにがっかりした。若い女の声が聞きたかった。盗難に遭ったことを伝え、「大丈夫ですか？」などと言われたかった。同情されるのは嫌だったが、女に、特に若い女に、心配してもらいたかったのだ。

「あ、はい。盗難に遭ったので、カードを止めてください。」

男に対しては、どうしても虚勢を張ってしまう。もっと惨めな声を出してもいいのに、こんなことは何でもないのだと、いつもよりのんびりした声を出すように、心がけてしまうのだ。

「では、カード番号をお願いします。」

若竹も、事務的な口調で返してくる。こちらも、こんなことは慣れている、といった様子だ。葉太は、もしものときのために、スマートフォンにメモしておいたカード番号を、ゆっくり読み上げた。用意周到すぎると言っていい自分に、少し赤面していた。

「盗まれたのはいつですか？」

「えっと、昨日です。昼頃、かな？　うっかりしてて、連絡するのを忘れてて。今ニューヨークなんですけど、時差もあるし、と思って。」

ニューヨークに何度も来ているリピーターを気取ってみた。だが若竹は、そんな葉太の演技には、乗ってこなかった。

「カードを不正使用されていないか、調べます。」

そう言って、しばらく黙った。葉太は、自分の胸が大きく高鳴るのを感じた。やはり、不安だったのだ。頼む、頼む、頼む、どうか、使われていませんように。金は惜しくないが、この男に、同情されたくない。

「最終の使用記録は、一昨日です。十四万二千九百八十円です。お心あたりはありますか。」

葉太は、全身から力が抜けてゆくのを感じた。それは、滞在先に到着したとき、先に支払った分だった。

「はひ。」

気がゆるんだのか、情けない声が出た。しまった、「はひ」とは！　だが若竹は、そんなことに頓着しなかった。

「では、お止めします。もし見つかった場合も、そのカードは使えませんので、ハサミを入れてください。」

見つかるわけがないだろう。心の中で思ったが、もちろん、声には出さなかった。電話を切り、空を見る。ありがとうございます、何か分からないものに、礼を言う。

もう一枚のカード会社にも電話をかけた。出たのはやはり男だったが、先ほどの男より、心のこもった対応だった。小渕、という名だった。

「ニューヨークで！　大丈夫ですか？　警察に届けました？」

「いや、不正使用されてないんなら、いいです。ニューヨークで盗まれたものなんて、どうせ出てこないし。面倒なんで。」

ここでも、ニューヨークに何度も来ている、旅慣れた人間を気取ってみた。

「そうですか……。」

小渕は、葉太に感心しているようだった。葉太の自尊心が、くすぐられた。もっと聞け、もっと聞いてくれ、そう思った。だが小渕は、

「では、お気をつけください。」

そう言って、電話を切ってしまった。それはそうだろう。彼も仕事なのだ。葉太には、小渕を許す余裕が生まれていた。鷹揚な自分を十分アピール出来たし、そしてそのことに、小渕が驚いていたことにも、満足した。

電話を切ると、体が軽くなった。大丈夫だろうなどと楽観していたが、クレジットカード問題は、思いのほか枷《かせ》になっていたらしい。電話しておいて良かった。

葉太は、足取りも軽く歩き出した。滞在先に戻るはずだったが、このまま戻るのが、惜しい気がしてきた。腹を減らさないように、なるべくじっとしていようと考えていたが、90セントのピザがある限り、大丈夫だ。領事館に行くのも、明後日で大丈夫だろう。しかも、改めて町を見回すと、90セントや1ドルのピザ屋は、他にもたくさんあるのだった。

葉太は思い切って、町をうろつくことにした。興奮していた。そんな葉太の気持ちを後押しするように、雨はどんどん小降りになり、ついには、霧雨になった。葉太は、パーカーのフードを脱ぎ、歩き出した。タイムズスクエアから離れたかった。ただし、セントラルパーク方面に行くのは嫌だった。あそこは鬼門だ。

葉太は、南に向かった。

5番街から西側がチェルシー。1870年代には高架鉄道が敷かれ、劇場やミュージックホールがあったという。現在は、ギャラリーやレストラン&カフェが点在し、上品なたたずまい。

6番街を、南に下る。

広い通りだった。イエローキャブや、見たこともないボロボロの車が、クラクションを鳴らしている。観光客を屋根に乗せた二階建てバスが通る。観光客は、皆レインコートを着て、夢中で写真を撮っている。

W39、38、37。

確実に減ってゆく表示を見て、葉太はまた安心している。6番街は、34丁目で、ブロードウエイと交わっている。右を見ると、メイシーズというデパートがあり、破顔したモデルの看板が、大きく掲げられている。

W31、30、29。

徐々に、タイムズスクエアのような賑やかさや、電飾がついた派手な看板、チェーン店が、姿を消してゆく。建物が古びてくる。それでも人はたくさんいて、携帯電話で誰かと話をしていたり、買い物袋を提げて、のんびり歩いている。

しばらく歩き、23丁目で、西へ曲がった。カフェや、ギャラリーの看板が目につくようになってきた。壁を虹色に塗っている店がある。一見して、とても怪しい。ガラス張りだが、ガラスまで虹色に塗ってあるので、中を窺うことは出来なかった。なんとなく速度を落として歩いていると、前方から、男が歩いてきた。坊主頭で、肌にぴたりと沿う白いTシャツを着ている。すらりとした長身で、モデルのように美しかったが、すれ違う葉太を、湿り気のある目で見つめてきた。

あ、と思った。ここは、チェルシーだ。

葉太は、男に、毛髪から指の爪まで見られたような気持ちになった。振り向きたかったが、振り向けなかった。

改めて街を見ると、ゲイやレズビアン、トランスジェンダーの尊厳を主張する虹色の旗が、数軒の店にかかげられていた。葉太は、意識して大股で歩いた。

8番街を、南へ下る。W22、21、20。

BARと書かれた看板があり、覗くと、昼間から数人が酒を飲んでいた。すべて男だった。窓から覗いた葉太を、じっと見つめ返してくる黒人がいたが、彼は亡霊ではなかった。あわててその場を離れ、また歩き出した。なんとなく思いついた角を曲がったり、引き返したりした。

曇り空ではあるが、雨は完全にやんでいた。

1980年に廃線となった高架鉄道、ハイライン。かつては精肉などを運ぶ貨物列車用に使われていたが、廃線後は放置されたままになっていた。倒壊を訴える声もあるなか公園化が決定。

約9mの高さからは、ハドソン・リバーや付近のビル群が一望でき、インダストリアルと自然が融合したスペースになっている。

20丁目を西へしばらく歩くと、面白い風景に出会った。道を横切る黒い鉄骨の高架の上に、植物が見え、そのそばを、人が楽しげに歩いている。

葉太はこの場所を知っていた。ハイラインだ。自分が知らず知らずこの場所にたどり着いたことに、嬉しさを隠せなかった。確かハイラインには、デッキチェアが置いてあるはずだ。そこで寝転がりながらくつろぐ人間の写真を、見たこともあった。

写真で見た場所にたどり着くと、興奮するのは何故だろう。葉太は思った。タイムズスクエアも、5番街も、セントラルパークもそうだった。マンハッタンでは、見るものはすべて初めてのはずなのに、以前写真で見たことのある場所ほど興奮する。しかも「写真」で見た景色を、新たに自分のカメラで「写真」におさめなおしたりもするのだから滑稽だ。「写真よりも素晴らしい」という感想を持ったって、その感慨自体、写真ありきのものだ。人間には、必ず、比較する何かが必要なのだろうか。見た景色を、まるまる新しい体験、それそのものとして捉えることは、もう出来ないのか。

葉太は、ハイラインに登った。鉄骨の階段が、カツン、カツンと、音を立てる。上りきった先には、「写真で見た」景色が広がっていたが、「写真よりも」、規模が大きかった。

朽ちた線路がそのままになっていて、芝生というには背の高すぎる草が、そこら中に生えている。雨があがったばかりなのに、結構な数の人間がいた。葉太が写真で見たデッキチェアには、誰も人は座っていなかった。近づくと、雨がじっとりと染みている。

九メートルは、かなり高い。空が近くなったように感じる。視界のどこかしらに緑が入り、雨が空気を洗ったのか、その緑の匂いが、むっと立ちこめている。緑のあわいから見える景色は、マンハッタンの上半分を切り取ったようだった。

葉太は、皆と同じようにのんびりと、ハイラインを歩いた。歩くと木がきしみ、その振動が足に伝わった。朽ちた線路のそばを通ると、レールの上をこおろぎに似た虫が這っていた。じっと見ていると、玉虫色に光る体に空が映っている。虫は近づいた葉太を恐れる様子も見せず、のんびりとレールを渡り、草むらに入っていった。よく見回すと、似たような虫が数匹いた。異様に長い後ろ足が、いたるところでゆっくりと動いている。

葉太は数匹を草むらに見送ってから、また歩き出した。このまま歩くと、どこまで行くのだろうか、そう思って遠くをみやったとき、ハッとした。

気持ちよすぎる。

この心地よさ、澄んだ気持ちは、セントラルパークでも体験した。

公園は鬼門だ。葉太は思った。

暇をつぶすには最適の場所だし、皆の楽しそうな様子は、こちらの心を和ませる。だが、だからこそ危ない。葉太に取られるものはもう何もなかったが、思いもしない落とし穴が、待っているに違いない。

葉太は急いで引き返し、登ってきた階段を、降りた。もちろん表情には、どこか、別の場所へ行く目的があるのだ、という風な「ゆとり」をまぶした。本当は内心、とても緊張していた。ハイラインを去るのは辛かった。そして、誰に強制された訳でもないのに、そうせざるを得ない自分が憐れだった。降りた先に女の亡霊がいたが、気配を感じただけで、葉太は、その女のことを、見なかった。

葉太は歩きながら、街のいちいちに、目をこらした。

縁石や壁の傷、グロサリーの曇ったガラスや、ビルの間に見える木の形。「写真で見た」景色ではないものを、きちんと受け止めたかった。だが、いくら新たな気持ちで眺めても、その景色すら、「どこかで見たニューヨークの景色」だった。写真に興味がない葉太でも、誰かが撮ったニューヨークは、きっとどこかで見ているのだ。

なんてたくさんの人間が、この街を訪れたのだろう。そしてその景色を、記憶しておこうと思ったのだろう。モノクロで、または、カラーで。年代が変わっても、この街は、どうしようもなく撮影したくなる場所なのだ。

葉太は、そんな魅力的な風景の中、デジタルカメラを持たない自分を、そして、スマートフォンのカメラすら起動しない自分を、少し誇った。

23丁目まで戻ると、角に、本屋があった。大きな本屋だ。暇をつぶすには丁度いい。葉太は嬉々として、扉を開けた。中は二階建てになっており、とても広かった。あまりに大きくて、何を見たらいいのか分からない。葉太はとりあえず、「NEW ARRIVAL」のコーナーへ行ってみた。当然だが、すべて英語の書籍だ。日本では考えられない大きなサイズの単行本や、安い紙で出来たペーパーバックなどが置かれている。

中に、著者だろうか、表紙にでかでかと人物の写真が載っている本が、数冊あった。

いたいた！

葉太は思った。

こんなところにも、「前に出てくる作家」がいた。葉太は、本を裏返した。だが裏側にも、違う角度から撮った著者の写真があり、葉太は心底、嫌な気持ちになった。

葉太の父は、さすがに自分の写真を表紙に使うことはしなかったが、雑誌やテレビなどで自分が露出することに、何の躊躇《ちゅうちょ》も見せなかった。それどころか、喜んでいるように見えた。

取材のある日は、いつも母に、シャツやTシャツにいたるまで、丁寧にアイロンをかけさせた。黙々とアイロンをかける母の後ろ姿を、葉太は、はっきりと覚えている。

父と母は、家で会話をほとんどしなかった。

父は、パブリックコメントに違わず、「恋」だとほざいて不倫をしているようだったし、若い女と付き合っているからか、日を追うごとに若々しくなっていった。そんな父と対照的に、母はどんどん、醜くなっていった。父の妻というよりは、父の「お手伝いさん」のようだった。そして葉太が何より嫌だったのが、そんな所帯じみた母なのに、年を取るにつれ、段々「女」としての自分を、誇示し始めたように感じることだった。若い女が穿くような薄いストッキングを穿き、化粧をし、髪を巻いた。

若い頃はそれなりに綺麗だったと、伯母に聞いたことがある。だが、眉間に皺を寄せ、べたべたと暑苦しい化粧をした顔で家の中をうろつく母からは、そんな過去は想像できなかった。そして、その過去を奪ったのは父だと思った。

あるトーク番組で、夫婦について聞かれた父が、夫婦といえども他人だ、個々のテリトリーを侵さないことがルールなのだと言っている姿を、母が見ていたことがあった。父はその後、朗々と恋愛について語っていたが、母は顔色を変えなかった。父の姿が画面から消えると立ち上がり、ベランダへ行った。干していた大根の様子を見て、二本を選んで取ってきた。それを魚焼き用のグリルに入れ、焼いた。

母はその場にしゃがみ込み、グリルの窓から大根をじっと覗き込んでいた。焼きあがると、シンクへ持ってゆき、焦げをこそげとった。まだ熱いはずの大根の表面を、母は分厚い掌でごしごしと撫でることが出来た。それが終わると、床下収納から新聞紙にくるまれたヌカ漬けの大きなタッパーを取り出し、ぺたんと尻をつけて座った。そして丁寧に、ヌカ床をかき混ぜ始めた。大根を二本取り出し、空いたスペースに、新しい大根を漬けた。

こちらに向けられたかかとは、薄いストッキングで覆われていたが、隠しきれないほど荒れていた。その足は、ヒールのある細い靴を履くようには、出来ていなかった。

母が無理をして、父に見合う女になろうとしていることは、葉太には分かっていた。その努力が痛ましくて、父とは違った意味で、母を見ていられなかった。

葉太は、本屋の棚から棚へと歩いた。

目についた本に片っ端から触れ、著者の写真がでかでかと掲載されている表紙があると、すぐに裏返した。そして先ほどのように、裏にも写真があったら、違う書籍を重ねた。

馬鹿め、馬鹿め！

心の中でそう呟きながら歩き、結局広い店内の、ほぼすべてを巡回していた。最後に触れた棚の奥に、「REST　ROOM」という看板が見えた。尿意を感じてそこへ向かうと、トイレへ続く通路に、冷水器が見えた。葉太は嬉しさに、声をあげそうになった。すぐに冷水器に駆け寄り、水を飲んだ。

水は驚くほど冷たく、美味かった。もちろん無料だ。90セントのピザと、この冷水器があれば、何も恐れることはない、葉太は思った。問題は、この本屋がとても遠いことだった。滞在先の近くにチェーン店がないか、店の人間に聞けばいいのだが、葉太は英語力に自信がなかった。すると、エレベーター脇に、パンフレットが置いてあり、まさかと取って見ると、なんと、チェーン店の案内なのだった。やった、声をあげそうになった。チェーンは数店あり、そのうちの一店は、葉太の滞在先から5ブロックほどのところにあった。近いとは言えないが、これだけ歩くよりはましだろう。

葉太はパンフレットをポケットにねじこみ、店を出た。

三時を過ぎたところだ。ここから滞在先まで歩いたら、腹も空くだろう。もしそうだとしても、90セントのピザがある。これだけ歩いているから、疲れて、夜もぐっすり眠れるはずだ。葉太はようやく、自分の旅がうまく回り始めたように感じた。

店を出ると、目の前を、リードにつながれた犬が通りすぎて行った。犬は、ふさふさと長い毛をした、みすぼらしい犬だった。見たところ雑種で、随分年老いているようだ。飼い主は、目の覚めるような青いTシャツを着た、若い男だった。飼い主の若々しさと、犬のみすぼらしさが対照的で、思わずじっと見てしまった。あまりに露骨に見つめていたからか、男が葉太を見て、肩をすくめた。はっとしたが、男が笑っているので、葉太も思わず笑った。

「シソオー。」

男はそう言った、ように聞こえた。何を言っているか分からなかったが、はは、と笑っておいた。男も笑いながら、

「ハバグデ。」

と言った。それは分かった。ハブアグッデイだ。葉太は咄嗟に叫んだ。

「ユートゥー！」

男は笑って、犬と共に去って行った。

男が去ってしばらくしてからも、葉太はニヤニヤと笑っていた。

言えた。

わずかだが、地元の人間とコミュニケーションを取れたことが、葉太は嬉しかった。自分ははっきり、世界とつながっている、そう思えた。

意気揚々と歩き出してからしばらくすると、先ほどの「シソオー」は、「シーイズソーオールド」であることに気付いた。あの犬のことだ。「彼女、とても年取ってるんだ」。あのみすぼらしい犬は、雌だったのか。驚きと共に、何故あのとき理解出来なかったのか悔やんだ。上手な返しはなんだっただろうか。「イッグッド、いいね」？　違う、「バットシーイズキュート、でも彼女は可愛いよ」、どうだ。

葉太は心の中で、ありもしなかったあの男との会話を、あれこれと思い浮かべてみた。想像の中で葉太は、男と親しくなる。コーヒーでも飲もう、などと誘われ、そこで、自分には金がないこと、そしてその理由を告げる。男は驚き、そして悠々としている葉太に感心し、面白がり、友達を呼んで、色々と助けてくれる。そういう筋書きになった。インドで物乞いをするインパクトには及ばないが、それよりも小説的だ。

葉太は、想像の中で、こうでありたい自分を、思う存分演じた。酒を飲み、男に軽口を叩き、男を笑わせ、そして感心される自分。最終的に、メールアドレスを交換し、帰国してからも、お互い親交を深め合う自分を。

葉太には、時間だけは、ありあまるほどあった。歩きながら筋書きを膨らませ、それに疲れると、目についたアパートの階段に座った。その前を、また別の犬が通った。体はコーギーなのに、顔はハスキー犬だった。葉太は驚いた。ハスキーは、凛々《りり》しい顔が、あの逞しい体に乗っていてこそのハスキーだ。コーギーのような短い足、愛らしい体に乗っていると、なんとも異様だった。

こうやって見ると、犬が多い。ただ、葉太がセントラルパークで見たレトリバーのように、いわゆる血統書付きの犬ではなく、ほとんどが、さきほどのみすぼらしい犬や、ハスキーとコーギーのミックスのような雑種だった。時間のある葉太は、帰り道を、犬を観察することに費やそうと考えた。

「ニューヨーク行って、財布とパスポート取られて、お前何してたんだよ。」

「いや、ほとんど犬見てたな。ニューヨークってさ、雑種ばっかりなんだよ。」

そのような会話を想像し、葉太はほくそ笑んだ。ニューヨークまで行って、犬ばかりを見てきたなんて、なかなかの大物ではないか。人が見ないところを見る感性、何よりやはり、その「のんびり」した感じがたまらない。

葉太は俄然張り切った。帰り道の長さなど、苦にならなかった。時折見つけた犬を熱心に観察し、気付いた飼い主に、こちらから笑いかけもした。何人かは話しかけてくれ、しばらく会話も続いた。

東南アジア系の綺麗な女が、特に印象的だった。彼女は、耳の垂れたグレーの、大きな犬を連れて歩いていた。犬自体は、特別変わったところはなかったが、あまりに大きいので、背の低い彼女が連れて歩くのは、ひどくアンバランスだった。

彼女は葉太に笑いかけ、

「ハウアユドゥイン？」

と言った。葉太は、数人との挨拶でもう慣れていたので、

「ファイン！　ユートゥー？」

そう返した。彼女は肩をすくめ、早口で何か言ったが、恐らく「ぼちぼちね」的なことだろうと判断した。

「ソービッグドッグ、ライ？」

「マイフレンズ○△□□○。」

恐らく友人の犬なのだろう。葉太は返す言葉を見つけられなかったが、大変だね、というような顔をしてみせた。

「ユネイバ？」

何か聞いている。すぐに返さなければと思うのだが、何を言っているのか分からな

い。笑顔を崩さず、ソーリ？　と尋ねると、どうやら、「アーユーネイバー？」、近辺の住人なのか、といったようなことだった。

ニューヨーク在住と思われている！

葉太は、嬉しさを隠すことが出来なかった。パスポートも財布も取られ、ポケットにあと数ドルしかない、誰よりも危機的状況にある自分が、近所をぶらぶら歩いている、もっとも油断した人種に思われているのだ！

「ノー、アイムビジター。」

葉太は、少し驚いた、という顔をしてみせた。

「リリー、フロムフエア？」

リアリー、フロムウェア、本当？　どこから？

「トキオ。」

自分が東京のことを、「トキオ」と発音する日がくるなんて、思いもしなかった。

「ナイス！」

彼女は可愛らしく笑った。そして葉太に手を振って、歩いて行った。ふたりの間に、何かが生まれそうな気配があったが、ここで別れるのがいいのだった。清々しいのだった。葉太は振り返り、なんと、大きな声で、

「ワッチュアネーム⁉」

そう、叫びさえした。

「シシー！」

彼女は叫び返し、言うことを聞かない犬を、なんとかひきずって、南のほうへ歩いて行った。眩しい笑顔の、見本のような顔をしていた。

葉太は有頂天だった。自分はこんなに自然に、女に名前を聞くことが出来た。しかも下心もなく、笑顔を交し合って、速やかに別れた。

ニューヨークだ。

「観光」ではない、「写真で見た景色」ではない。自分が今行った一連のやり取りこそ、ニューヨークだ。葉太はこの数十分で、自分が一気にニューヨークの深淵に入りこんだような、その核を捕えたような気持ちになった。意気揚々と歩いた。明るさは嘘ではなかった。こらえきれず、28丁目まで来たときは、とうとう、鼻歌まで歌い始めた。そんなことなど、今までもちろん、決して、なかった。葉太は、自分の鼓膜を通して響いてくる歌声を聴きながら、このうえなく、朗らかな気持ちになった。

滞在先はもうすぐだ。こうやって歩いていると、あっという間だった。しかも腹は、まったく空いていなかった。胸がいっぱいなのだ。

俺は自由だ。葉太は思った。

こんな解放感は、生まれて初めてだった。わずかな金しか持たない、いやもうほとんど何も持っていないと言っていい自分が、街中で、鼻歌を歌い、まったくの手ぶらで、悠々と歩いているのだ。道行く人に笑いかけ、知らぬ女性に名前を聞いて別れ、すれ違う犬という犬を、熱心に観察しているのだ。

なんて、自由なんだ。

人間は、物や金から解放されないと、本当の自由を得ることは出来ないのかもしれない。パスポートやクレジットカードや運転免許証や保険証、己を己たらしめるものがなくなって初めて、自分は、自分になれるのかもしれない。

葉太は感慨深い気持ちで、周囲を見回した。

ヘッドフォンをした若い女、真っ赤な革靴を履いた老人、腰まである髪をしばった男に、カートを押して歩く初老の女。皆、財布を持っているだろう、運転免許証や、何かしら自分であることを証明するものを、携帯しているのだろう。

愚かな！

俺の自由を見よ。何も持たない、俺の自由を。

葉太は、自分を心から誇った。何かにすがらなければ生きてゆけない人々を蔑み、翻って自分を、心底愛した。

長時間歩いたので、足の付け根が痛んだ。少し休憩しようと、葉太は滞在先へ向かった。これほど高揚した気分なら、部屋でひとりになっても、鬱々とすることはないだろう。

31丁目まで来ると、見慣れた景色に、「帰ってきた」と、思えるまでになっていた。たった二日と少しの滞在だったが、地元の人間と話し、笑い、手ぶらで歩いている葉太にとって、この界隈はもうほとんど「自分の庭」だった。

32丁目の角を曲がると、建物の入り口のところに、老婆が立っていた。ラメつきの黒いコートを着た、かぎ鼻の、魔女のような老婆だった。老婆の後ろには、「PSYCHIC」の看板があり、ショウケースには、水晶や変な形のパイプ、タロットカードなどが並んでいる。今まで気付かなかったが、滞在先の一階には、こんな怪しい店があったのだ。

老婆はちらりと葉太を見ると、意味もなくニヤニヤ笑った。葉太を誘っているのだろうか。葉太が無視していると、老婆はわざとらしい伸びをして、ゆっくり、店に戻って行った。

葉太は、ショウケースを覗くふりをして、店内を見てみた。椅子が置いてあり、その前に大きな鏡がある。そこに葉太が映りこんでいるが、こちらに背を向けて座った老婆はうつむいていて、気付いていないようだった。

一見して、美容室のようだが、店の中には、老婆以外誰も見えない。つまらなくなり、葉太はもう一度、老婆を見た。鏡に映った老婆は、何か紙切れのようなものを読んでいる。黒いコートは、よく見るとガウンになっており、皺だらけの手には、大きな紫色をした石の指輪をしている。目の周りも、その石と同じような紫色で、唇が砂漠のようにひび割れている。

どこからどう見ても、「想像通りの占い師」だった。

葉太は呆れた。だが、5番街の近く、こんな良い立地で、これほどに怪しい店が成立しているということは、そこそこの客がいるのだろうか。こんな「いかにも占い師」というような老婆を信じて、ここを訪れる人間がいるなんて。こんな奴、絶対にインチキだ。人の未来が見えたり、死者を見ることが出来る人間が、わざわざこんな怪しい格好をするはずがない。俺を見ろ。はっきりと亡霊を見る俺が、無印良品のシンプルなTシャツを着て、誰にもその秘密を言わず、ひっそりと暮らしているのだ。本物というのは、いつだってそういうものだ。

老婆が顔をあげた。鏡越しに目が合った。葉太はあわてて目を逸らし、その場を離れた。誰もいないホールを抜け、エレベーターに乗る。エレベーターが上昇すると、ガリガリガリと、機械がこすれるような音がした。葉太は、老婆の目を思い出していた。漆黒の左目と、少し白濁した右目で見つめられると、なるほど何か奇妙な気持ちになるのは、確かだった。だが、それだけだった。老婆のインチキくささは、何をもってしても拭えるものではなかった。

でも。

ふと思った。

人間は、意外に、ああいう「いかにもな人間」に、簡単に騙されるものなのかもしれない。

占いに頼る人間は、基本弱っている。散々悩みぬいた頭を抱え、あの店に入り、あの老婆が出てくる。初めはもちろん疑うだろう。だが、自分の弱さや、柔らかさがむき出しの状況では、「全力で演じてくれている人間」の方が、信じるに値するものになるのではないだろうか。無意識ながら、「そっちが本気で騙すなら、こっちも本気で騙されよう」という気持ちに、なるのではないだろうか。

その場の雰囲気に「乗って」しまう気持ちは、葉太には痛いほど分かる。葉太はそのとき、初めて亡霊を見た、あの葬式を思い出していた。

祖父の葬式以降、葉太は人前で泣くことを避けてきた。父に、己の純真をめちゃくちゃに踏みにじられたあの日から。父の葬儀でも、もちろん泣かなかった。だが母は、父が死んだときでも、祖父の葬儀の際と、変わらぬ姿勢を見せた。

母は、泣きに泣いた。

厚化粧を顔からどろどろと剝がしながら、ときに柩にしがみつき、ときに顔をおおって呼吸を荒らげ、全力で「夫を失った妻」を演じていた。

見ていられなかった。

「どうして死んじゃったのよう。」

そんな台詞を、臆面もなく吐く母が、情けなくて仕方がなかった。

だが列席した皆々は、母のその、絶望的に臭い台詞に引っ張られるように、涙を流したのだった。葉太はあのとき、はっきりと皆を蔑んだのだったが、今思うと、あのときの母のように、胡散《うさん》臭いものであればあるほど、皆も「乗り甲斐」があったのではなかろうか。「そっちがその気なら、我々も」、そういう思いになり、「作家を尊敬していた編集者」、「侃々諤々《かんかんがくがく》やりあった作家仲間」、そしてもしかしたら「人目をはばからず泣くことが出来る本妻をうらやみながら、そっと涙を拭く日陰の女」、そういうものを、演じていたのかもしれなかった。

ドアノブをまわす。

まわす頃には、実はもう、陰鬱な気持ちにしっかりとくるまれている。過去のことを思い出すたび、葉太の体も、律儀に過去に戻される。体温、指先の痺れ、こめかみの疼きが、そのときのままに再現される。そして、「そのとき」だけにとどまればいいのに、「そのとき」に纏《まつ》わる一連のことを、すべて思い出さないと、終わらないのだ。

葉太は扉を閉め、そのままベッドに倒れこんだ。丸まった。

演じていた母を蔑む自分が、たった今、ニューヨーク在住と思われ、喜び、あまつさえ女を呼びとめ、大きな声で名前を聞いたのだ。何をやっていたんだ、俺は。何を調子に乗って。

人間は何かを失ってから、初めて自分になれる？

何も持っていない俺は、自由だ？

俺はニューヨークに浮かれてやってきて、観光初日にバッグを盗まれた、ただの間抜けではないか。

葉太は大声を出すのを我慢し、両手で頭をかきむしった。

馬鹿、馬鹿、俺、馬鹿！

俺と母親は、何も変わらない。何かのイメージに乗り、必死に演じ、周囲を騙せたと思っている。違うのは、俺はこうやって、すぐに反省するところだ。苦しむところだ。危なかった。危うく、母親と同類になるところだった。サックス吹きの老人に、浮かれて赤い靴下を穿く小園に。そして最も象徴的な人物である、父の同類になるところだった。

「ユートゥー！」

そう叫んだ自分は、まるで父そのものだ。それはあまりにも父がやりそうな自己顕示だった。葉太は、ごろごろとベッドで転がり、結局頭を下にし、かたつむりのような姿勢になった。脳に、どく、どく、と血が流れてゆくのを感じた。

じゃあ。

葉太は思った。

俺は、どうすればいいんだ。

「ニューヨークに来て、憧れのセントラルパークへ行って、観光初日にすべてを盗まれ、所持金もわずかしかない男」として、俺は、葉太は、どうふるまったらいいんだ。

かつて、インターネットの質問サイトで、このような質問を目にした。

『14歳。女子中学生です。好きな人がいます。同級生です。その人も私のことが好きだと、噂で聞きました。友達が、彼の友達から聞いたから、本当っぽいです。そこで質問です。告白された場合、どのようなリアクションを取ればいいですか。』

質問サイトの回答欄には、「意味がわかんないんですけどっ！」「好きなら、思うとおりに言えばいいじゃないですか！」「悩むことなんて、全くない！」などの答えが並んでいた。

葉太は、それらを見ながら、馬鹿か、と思った。

この子は、そういうことを聞きたいんじゃないんだ。好きな人に告白されたら嬉しい、それはもちろんだ。付き合いたい、という思いもある。それは真実だ。

だが、この子が知りたいのは、どのようにその気持ちを伝えるのが「正解」なのか、なんだ。

葉太はそのとき、14歳・女子中学生の気持ちに、心から共鳴した。

どんな風に言えば「間違い」じゃないのか、ことに「滑稽」じゃないのか。君は、それが知りたいんだろう？　分かるよ、すごく。

常識人ヅラした馬鹿どもは言うだろう。

「人は人。自分は自分。間違いなんてないよ！」

「素直になんなよ！」

それは嘘だ。

「間違い」は、必ずある。告白された14歳・女子中学生が、自分の感情に寄り添い、「素直」に、

「じゃあ、付き合うってことで、いいでしょうか、ね！」

と言えば、それが正解なのか？　違うだろう。はにかみながら、「私でよかったら……」や、喜びを隠しきれない破顔で、「うそ、ほんとに？」でもいい。

とにかく、漠然とした正解はあるのだ。

社会には、「ここまではセーフ」「ここからはアウト」というラインが、目に見えないが、厳然としてある。服装や目つき、ものの言い方や仕草、あらゆることにそのラインはあって、俺たちはそのラインを超えないように、「正解」の中にい続けられるように、意識的であれ、無意識であれ生活している。そして、少しでも「あっち側」に行った人間がいると、嘲笑したり、ときには恐怖したりして、結果、排除するのだ。

女子中学生の「好きな人からの告白への返事」も、それと同じだ。目に見えない、だが確実にあるラインを、その子は踏み越えたくないんだ。「正解」の中に、いたいんだ。皆に笑われたくないから、引かれたくないから、排除されたくないから。そし

て、そういうことを延々と考え続け、社会から押し付けられてきた結果、俺たちには「ありのまま」なんて、なくなったのだ。

俺はいつだって演じている。何かを。

正解を、求めている。

だが困ったことに、この正解も、曖昧だ。なりたい自分も、なりたくない自分も、正解ではない。「ナチュラルな欲求」が存在しない限り、正解には、一生めぐり合えない。

葉太は、ベッドの上で、一時間ほど、動けなかった。文字通り、手も足も出ない状態だった。ひとりでいるのにこんなに苦しい俺は、生きるのがどれほど辛いことか。この辛さを、痛みを、誰がわかってくれるのだろう。

そのとき葉太は、覚えたての自慰に明け暮れ、「竹一」的存在に怯え、女子生徒からの全方位の視線を強烈に意識した、中学生の葉太だった。むき出しだった。小説を読むことでなんとか生きていたあのときの自分が、きちんと学校に行っていたことを、心から褒めてやりたかった。

「そんなひりひりの、じんじんの状態で家の外に出るなんて、本当に、本当に偉いぞ。」

そして残念ながら、こうも言わねばならないのだ。

「だが十六年後、お前のその苦しみは、まったく減じていない。それどころか、ますます重くなり、日に日に、生きづらくなっているんだ。」

葉太は、あやうく落涙しそうになる自分を、必死で叱咤し、耐えた。泣いてはいけない。俺は大人なのだ。二十九歳なのだ。だが二十九歳の苦しみを、今、誰が分かってくれるのだろうか。

ベッドの周りには、当然のように、幽霊がふたり、立っている。恐ろしく背の高い白人の男と、痩せているのに腹だけ大きく突き出た、アラブ系の男だ。葉太は、じっと見つめるふたりの視線を振り払うように、枕元に置いてある『舞台』を見た。それは、世界中から忘れ去られたようにひっそりと、そこにあった。

小紋は、社会の恐ろしさ、対人関係の残酷さを、丁寧に、丁寧に描く人だった。決して売れる類の本ではなかったが、数年おきに出版されるということは、固定ファンがいるということだ。葉太のように苦しんでいる人間が、他にもいるのだ。葉太はその事実に助けられ、すがった。

『舞台』の帯には、こう書いてあった。

『誰もが皆、この世界という舞台で、それぞれの役割を演じている。そのことに少なからず、疲弊している。だがやめることは出来ない。舞台は続いてゆくのだ。(本文より)』

まさに、今の自分を言い表している言葉だと思った。出版される前から、絶対に買う予定ではいたが、その帯文を読んだとき、葉太は書店内ですでに、嗚咽しそうになった。

その本を、『舞台』を、今もまだ、読むことが出来ない。文字が入ってこない。こんな危機的な状況でこそ、強く力を貸してほしいのに、言葉を飲み込み、慰められたいのに、それが出来ないのだ。

葉太はまた、体を強く、強くはたいた。そのとき、

「ばるぅうううううううっ。」

腹が鳴った。大きな音だった。そして、間抜けな音だった。その音で、葉太は、我にかえった。

なんだ、この音は。

「ぐう」ではない、「ば」から始まり、朗らかな「る」は、最後跳ね上げるような「っ」は、なんだ。

「ばるぅうう、ぼがぁあああっっ。」

葉太は、慌てて立ち上がった。

いけない。

苦しんでいる自分が、もうほとんど死に近いといっていい自分が、こんなに間抜けな音を、立ててはいけない。

葉太ははっきりと赤面しながら、鏡も見ず、身支度もせず、外に出た。ほとんど、飛び出した。そしてエレベーターを待たず、階段を駆け下りた。

「ＰＳＹＣＨＩＣ」の店の前には、またあの老婆が佇んでいた。建物を出てきた葉太を、少し驚いた顔で見た。葉太は、その視線にはっとして、走るのをやめた。出来るだけゆっくりと、歩みを進めた。角まで行き、振り返ると、老婆はまた、意味もなく笑いながら、葉太を見ていた。

５番街では、先ほどと変わらぬ景色が並んでいた。

葉太は、いち、に、そう声に出したくなるほど、ゆっくり、着実に歩いた。自分の歩き方がおかしくないか、間違っていないか、心配で仕方がなかった。この歩き方だと、すべてを初日で盗まれた男だと、気づかれるだろうか。それとも、そんなことを感じさせないように、無理して虚勢を張っている男だと？

葉太は冷や汗をかきながら、一歩、一歩、歩みを進めた。体が「ギシギシ」と、音を立てているように感じた。葉太の筋肉や関節が、次々に違和感を訴えてくる。

これでいいの？

これで合ってる？

すれ違う人間に、ちらりと見られるたび、心臓に、長い針を刺されたような痛みが走った。そしてそれがきっかけで、太鼓を叩くような音を立て、激しく鼓動する。俺の表情が、おかしいのだろうか。表情筋を意識するが、動揺しすぎていて、いつものようには、うまくいかない。

それでも葉太は、歩き続けた。それに集中したおかげで、腹はしばらく鳴らなかった。歩いている最中から、もう筋肉痛になるような気がしたが、立ち止まって、うずくまるよりはましだった。ここでうずくまってしまったら、自分は二度と立てない、そう思った。

葉太を追いかけてくるように、道の角々に、幽霊たちが、立っている。葉太をじっと、見つめている。

ピザ屋には、昼間の男はいなかった。黒人の若い男が、それでも昼の男と似たような無愛想さで、レジに立っていた。

葉太は心から安堵しながら、昼間にはなかった、ツナが載ったピザを頼んだ。ピザだけを頼む葉太に、店員は今度もドリンクなどをすすめたりしなかった。ただただ面倒臭そうにレジを打ち、紙にくるんだピザを、こちらに投げるように寄越した。

葉太は受け取ったピザに、すぐかじりついた。昼間ほど美味くはなかったが、幸福感に似たものが、胃から生まれ、みるみる体に染み渡ってゆくのを感じた。改めて、満腹になって落ち着く、己の単純さを笑った。

ピザをあっという間に食べ終え、膨れた腹で外に出ると、思った通り、町は少し、優しく見えた。もう体はギシギシいわなかった。

このパターンだ。

腹が減ると不安になり、腹が膨れると大らかになる。もう分かった、大丈夫。これからは、不安になったら、腹が減っているのだ、そう考えればいい。この不安は、何かを食べることで終わる。葉太は希望を持った。

心は体のおもちゃだと、いつか、父が言っていた。もちろん、葉太にではない。テレビで言った言葉だった。心、というものがあるとするならば、それは絶対に体に内包されている。ならば心が体の状態に左右されるのは、避けられないことなのだと。

父は最後にカメラを見ながら、心すら置いていってしまう、体の真実を書きたい、と言った。

体の真実って何だよ。葉太は思った。性欲ということか。それならお前は、若い女と、熱心に関係を築いていたものな。

父の愛人は、ひとりではなかった。付き合うのは複数ではなくひとりだったが、別れると、また次の女を作るのだと、母が言っていた。編集者のこともあったし、大学生のこともあった。

父の愛人を、葉太は見たことがない。見たくはなかったが、だが、見ないことによってさらに、父の若い愛人たちは、異常な生々しさをもって、葉太を苦しめた。あるときはスーツ姿で、あるときは葉太の家庭教師となって現れ、様々な肢体を葉太にみせつけるのだった。そして最終的には、そばに必ず父が現れ、そのたび葉太は、嫌悪と羞恥で、大きな悲鳴をあげた。中学生という、性に一番敏感な時期に、父と愛人の関係を思うことは、耐え難かった。

そういえば、母の化粧が濃いことに気付いたのも、同じ時期だった。それまで、母の化粧についてなど、考えたこともなかった。だがある日、葉太は、母の唇にべったりと塗られた口紅の赤さに、気付いたのだった。

葉太は母が化粧をしているのを、何度か見たことがあった。眉毛を整えているときは、鼻をぐんと上に向け、睫毛《まつげ》に何かを塗っているときは、白目になった。口紅を塗っているときは、ひょっとこのような顔をし、最終的には、般若《はんにゃ》のような形相になった。顔を美しく見せるための化粧という行為が、かえってその人を醜く見せるものであることを葉太に教えたのは、母だった。

だから葉太は、女の化粧を嫌った。どれだけ綺麗に肌を隠していても、瞼の際《きわ》を彩っていても、その作業は醜い。そしてそもそも、「化粧をする」こと自体が、いやらしいのだ。自分を偽り、「女」をひけらかし、ぎらぎらと光った唇の赤は、どれほどの妬みや計算や狡さに、満ちていることか。

自分がセックスや、ひいては女それ自体に没頭出来ないのは、このような過去があるからではないだろうか。父の気を惹くための、母の醜い化粧。不貞を隠さない父の、性的な匂い。

胃から始まった、あの幸福感に似たものが、四肢のあたりでぴたりと止まっていた。葉太は、舌打ちをしたいような気持ちになった。

くそ、貴重な平穏の時間なのに！

父のことを考えたからだ！

あと数時間経ったら、また不安と焦燥、あの大きな黒い塊がやってくる。この時間は、それから免れる穏やかな、そして大切な時間なのに。とことんまで、俺に「何もしてくれない」親だ。それどころか、「いらぬことだけ」をしていく。

葉太は思いを振り切るように、今度は北西に向かって歩いた。セントラルパークは避けたかったが、南はもう、飽きていた。

葉太は、自分に言い聞かせた。

大丈夫だ、腹は膨れている。街も歩ける。父のことを思い出したから、少し憂鬱になっただけだ。また、犬でも見ようか。思い切って店に入ってみようか。とにかくこの気持ちから逃れて、ニューヨークを楽しむのだ。

葉太は、次々やってくる亡霊たちを見ないようにして、歩き続けた。

ハドソン・リバーを挟んでその対岸にあるのがニュージャージー州。自然に囲まれていることからGarden State（緑の州）の愛称をもつ。

日本からの直行便も発着するニューアーク・リバティ国際空港は、ＮＹへアクセスできる3大空港のひとつとして機能。

7番街を北に上りながら、適当なところで曲がり、8番街へ出た。日が翳ってきている。9番街まで歩くと、川が見えた。ハドソン川だ。

葉太は、導かれるように、川へ向かった。西日に向かって歩くので、眩しかった。2ブロックほど歩いて、河岸に出た。川は夕暮れの光を照らしてオレンジ色に染まり、時々水面で何かが跳ねている。小型のボートが音を立てて通りすぎ、ボートが立てた水しぶきが、水面より濃いオレンジ色に染まる。西日はもはや目を開けていられないほど眩しく、葉太は手でひさしを作って、目を覆った。

対岸にニュージャージー州が見える。

葉太が降り立ったのは、ニュージャージー州にあるニューアーク空港だった。空港から滞在先まで、葉太はシャトルや電車を乗り継いで行くつもりだった。だが、ターミナルに着いた途端、臆した。外は暗く、周囲にいるアメリカ人たちが皆、自分よりもひとまわりもふたまわりも大きい、屈強な荒くれ者に見えたのだ。

葉太は、緊張しながら、だがもちろん、それを周囲に悟られないように、ゆっくりとTAXIの表示を目指した。乗り場には、数人が待っていたが、それ以上にたくさんのタクシーが並んでいたので、すぐに葉太の順番が回ってきた。

乗り場には、今度こそ本当に屈強な黒人の男が立っていて、葉太におそらく、行き先を聞いていた。葉太は焦らないように、暗記してきた滞在先の住所を伝えたが、男は葉太が言っている途中で、もう紙に何かを書き、運転手に渡した。

タクシーに乗り込むとき、後ろに並んでいた女が、同じように行く先を聞かれ、「シティ」と答えているのが耳に入った。シティとは、マンハッタンのことである。住所まで言うことはなかったのだ。葉太は赤面した。

走り出したタクシーの運転手は、一見するとピカソのように見えたが、ラジオからはアラブの音楽が流れ、スペイン人ではなく、どうやら中近東の人間のようだった。運転手は多くを話さなかったが、時折話しかけてくる英語は、葉太と同じように片言だった。

葉太はじっと、窓の外を見ていた。

初めての海外だ。葉太のポケットには、滞在先の住所と連絡先が書かれた紙が入っている。それをお守りのように握り締め、葉太は緊張していた。暗い中、ぽつぽつと見える灯りは眩しく、猛スピードで走るタクシーの、窓から入ってくる風は、生ぬるかった。時折見える看板には、男や女がこれ以上ないほどの笑顔を見せており、反対車線にあるガソリンスタンドには、長蛇の列が出来ていた。

心細かった。葉太は何度も紙を握り締め、いつしかそれは、ぼろぼろに破れてしまった。汗ばんだ手で、バッグの中の『地球の歩き方 ニューヨーク』に触れた。

葉太は、あのときの心細さを思い出していた。ふと自分を、猛烈に慰めてやりたい気持ちになった。よくひとりでニューヨークまで来たなと、子供のように、抱きしめてやりたくなった。

ハドソン川沿いを、数人のランナーが走っている。中にはまた、ベビーカーを押して走っている女もいた。女は、体のラインが出るぴたりとしたスパッツのようなものを穿いていた。すれ違うランナーは、誰も彼女のことを見なかった。

葉太は、日が落ちるまで、そこに立っていた。


それからの葉太を、おかしな発作が襲うようになった。

例えば大声で笑い出したくなるような気分の直後に、途轍もなく暗い気持ちになって、動けなくなる。だがしばらく立ち止まっていると、また急に、痙攣《けいれん》するような笑いが訪れて走り出す。そして角を曲がると、急に陰鬱な気持ちに襲われて、頭を抱えるのだ。

それはいつも、突発的に起こった。静かな気持ちで歩いていると、急に始まるのだった。

足の指から頭の先まで、隅々が、発光する何らかの「明るいもの」で満たされ、それを発散せずにはいられなかった。発散は「笑い」だけでなく、体をめちゃくちゃに動かすことだったり、大声を出すことだったり、何度も同じことを反復することだったりした。

「明るいもの」が訪れたら、決して抑えることが出来なかった。そわそわして、いてもたってもいられなくなった。だが、それが訪れるのが突発的であるのに対し、ひとしきり発散した後は、必ず、陰鬱な気持ちが襲ってきた。それは確実だった。陰鬱さは、「明るいもの」の光を抹殺し、今度は体の隅々までを黒く染めた。それは、ほとんど「死ね」と言っているような凶暴さだった。

これはさすがにおかしい、そう思ったときにはすでに、葉太は自分で自分をコントロールすることが出来なくなっていた。

20世紀にポーランド、ロシア、ウクライナなど東ヨーロッパからの移民が多く住むようになり、今もさまざまなコミュニティをつくり出している。近年は日本の居酒屋やラーメン店も多く、リトル・ジャパンと呼ばれることも。

水曜日の午後、イースト・ビレッジのレコード屋の前を通ったとき、中に大きな大きなアフロヘアの男を発見した。何故かとても興奮し、その男のことを知らないのに、葉太は扉の外で、男が出てくるのをじっと待った。どうしても、「アイ　ライク　ユア　ヘアー!」と言いたかった。それだけだった。葉太は結局、店の前で二十分も男を待つことになった。

やっと出てきた男に、大きな声で、

「アイ　ライク　ユア　ヘアー!」

そう叫ぶと、男は曖昧に笑って、また店に入ってしまった。

数ブロック歩き出してから、じわじわと湧き上がってきた羞恥が、葉太を叩きのめした。葉太は、人がいないことを確かめて、壁に自分の頭を、何度も何度も打ちつけた。少し血が出てから我に返り、また羞恥で自分を殺したくなった。壁際では、レコード屋の男と同じようなアフロヘアの男が、葉太をじっと見ながら、立っていた。

かつてはユダヤ人、プエルトリコ人の移民が多く住んでいたエリア。現在は住宅地の雰囲気を残しながら、ノリータと同様、若手新進デザイナーたちのアンテナショップが増えるおしゃれな街に変身しつつある。

水曜日の夜、ロウアー・イースト・サイドで、葉太はかつて「写真で見た」店を発見した。昔からある、ユダヤ人向けのデリで、「カッツ・デリカテッセン」という店だ。その「カッツ・デリカテッセン」という発音を、葉太は異常に気に入ってしまった。

「カッツ・デリカテッセン、カッツ・デリカテッセン。」

そう呟きながら、歩いた。

最初の数分は笑いをこらえるのが大変だったが、数十分後には、「言い続けないと死ぬ」という気持ちになり、ほとんど泣き出しそうになりながら、数時間言い続けていた。

言い終えることが出来たのは、縁石につまずいて、転びそうになったからだった。葉太は軽く舌を嚙んだ。縁石につまずき流血するという地味な被害にようやく我に返り、葉太は打ちのめされた。自分がかわいそうでかわいそうで仕方がなかったが、同時に心の中で自分を、激しく嫌悪した。

道の反対側からは、白いハットをかぶった老人が、葉太をじっと見ていた。

ユニオンスクエアの東側にあるグラマシーは、1800年代中頃、ヨーロッパの閑静な住宅地を真似て、一流建築家の設計で造られたエリア。

木曜日の朝、グラマシーでは、マディソンスクエア・パークの「周り」を、延々歩いた。

公園に入りたい気持ちと、絶対に入ってはいけないという気持ちのせめぎ合いの中で、葉太は数時間戦った。十周ほどすると、何故か「こんなに回ったからには、反対方向にも回らなければならない」という義務感が芽生えた。びっしょり汗をかいていたが、やめられなかった。

時々ぴょん、ぴょんと飛び上がりながら歩いている葉太を、公園にいる皆が見たが、葉太はやめなかった。掌で口を押さえ、叫び出したくなるのを必死にこらえた。やっと回り終えたときには、絶望が始まっていた。がくがくと震えながら座り込んだ葉太を、若い黒人の女が、表情のない顔で、じっと見ていた。


ワシントンスクエア・パークの西側、石畳の街並みが美しく、緑豊かなエリア。

1950年代にはビートニク、1960年代にはフォークシーンが盛り上がり、詩人や劇作家などが多く住んでいた。古くから自由を謳歌する人々に愛されており、現在でも、多くのアーティストたちに親しまれている。

木曜日の夕方、ワシントンスクエア・パークで、チェスに興じる男たちを、遠くから見ていたとき、急に黒をものすごく応援したくなってきた。葉太はうずうずとプレーヤーの周りを歩き続け、時々「黒がんばれ！」と叫びたくなるのを必死でこらえた。葉太の願いも空しく、黒が負けたときには、葉太は悔しくて、悲しくて、目の前が真っ暗になった。

いてもたってもいられず、パークを離れ、激怒しながら街を歩いていると、ブルーノートが見えた。機材を搬入しているのか、黒人の男たちが固まって、黒い頑丈そうなボックスをトラックから降ろしている。その景色が、あまりに光り輝いていて、葉太はその場で立ち尽くした。

しばらく経ってから、もちろん葉太は、自分を恥ずかしいと思った。ゴミくずだと思った。ブルーノートを離れ、体を力まかせにはたきながら歩いている葉太を、通りかかったグロサリーの前で立っているアジア系の男が、本当のゴミくずを見るように、じっと見ていた。

世界のモダンアートを見せているニューヨーク近代美術館（モマ）。ビジネス街であるミッドタウンに堂々と存在する便利さもあり、ニューヨーカーをはじめ、世界中の人々に愛されている存在だ。

結局無料だからと入った、金曜夕方のMoMAでは、一時間ほど、トイレから出られなくなった。扉を開けようとすると、指が痺れ、呼吸が困難になった。数分前には、ポロックやモネやウォーホルを、嬉々として眺めまわっていたのに（葉太は絵に触れようとして、ガードマンに注意までされていた）、ある瞬間から、すべての絵が崩壊し、まるで意味のないものに見え始めた。そしてそう思う自分を異常に恥じ、トイレに駆け込んだのだった。

ミュージアムを出る頃には、両手両足が痺れていたが、入り口で葉太を見つめていた赤い髪の女は、少しも震えることなく、しっかりと立っていた。

皆、亡霊だった。

軽い躁鬱になることは、今までもあった。だが、このようなスピードで、このように深い陰陽に襲われたのは初めてだった。

自分が今、非常に危険な精神状態にあることを、葉太は自覚していた。自分を客観視する力はまだ残っていたし、FREE Wi-Fiを利用して、すでに領事館の場所は調べてあった。

だが、バッグを盗まれてから四日経っても、葉太は、領事館に行かなかった。もう所持金は4ドルを切っていた。なのに葉太は、自覚しているギリギリの精神状態でなお、マンハッタンを、何時間もかけて、彷徨《さまよ》っているのだった。

葉太の胸に、この精神状態の先にあるものを見たい、という思いが芽生えていた。ここまで自分が追い込まれたのは、人生で初めてだった。陰鬱に襲われたときの羞恥と苦しみは耐えがたかったが、その分、「明るいもの」が訪れたときの全能感と多幸感は、何ものにも代えがたかった。

葉太にはまた別に、残ろうと決意した決定的な出来事があった。

そのとき、葉太は静かな気持ちだった。「明るいもの」も訪れず、なので陰鬱にも襲われず、葉太はとてもフラットな気持ちで32丁目あたりを歩いていた。

腹が減っていた。ハングルの看板が目立つ街で、葉太はコチュジャンやごま油の匂いのことだけを、考えていた。

そのとき、前方五メートル先あたりに、10ドル紙幣が落ちているのを見た。

何も思わず、何も躊躇せず、気が付くと、葉太は走り出していた。そしてすぐに10ドル紙幣を手に取り、「やったー!」と叫んだ。周囲の人が、ちらりと葉太を見たが、葉太は羞恥より先に、自分が成し遂げたことに、茫然としていた。

この俺が、躊躇なく金を拾った。

しかも、やったーと叫んだ。

葉太はそのとき、強く思ったのだ。

残ろう。

俺はもっと強くなれる。恥も外聞もかなぐり捨て、苦しみから完璧に解放され、やっと、何も演じていない、まるごしの自分になれるのだ。

それが、昨日の夜のことである。

ポケットに手を突っ込むと、三枚の紙幣と、数枚のコインしかなかった。昨日拾った10ドルは、すぐに使ってしまったのだ。韓国人の経営しているデリに入って、コチュジャンがたっぷり入ったトッポギと、ごま油の香りがする韓国海苔巻きを食べ、そして渇望していたコーラを飲んだのだった。

すべてをむさぼり食った葉太は、無敵だった。口に入れたトッポギは、海苔巻きは、叫び出したくなるほど美味かったし、コーラの炭酸は、初めて飲んだときのように、葉太の喉を驚かせた。店を出てすぐにしたげっぷの臭いさえも、葉太を幸福にした。

葉太は今、当然ながら、そんなことをした自分を責めている。過去最高の「明るいもの」に振り回された自分の考えの無さに、絶望しているのだ。

葉太は、行きなれた本屋の冷水器に向かっている。ここに来るのはもう何度目だろうか。コチュジャンとごま油のせいか、昨晩は喉が渇いて大変だった。着実に減ってゆく水を見て、葉太は恐怖に震えた。そして、眠れないまま朝を迎え、耐え切れず暴れ、疲れて眠って、目覚めた頃には、笑い出したくなるほどの元気が出ていた。

葉太の顔は、すさんでいた。髭が伸びた顔は頬がこけ、おかしな睡眠時間のせいで、隈が出来ている。服は洗っていない。大量に汗をかいたので、そろそろ臭ってきているだろう。

それでも、店員に怪訝《けげん》な顔で見られることはなかった。自分より汚い人間、胡散臭い人間がたくさんいるのかもしれない。自分はまだ「こちら側」の人間だと安心する反面、まだ「こちら側」なのかと、落胆する気持ちもあった。

完全に「あちら側」に行けば、かえって落ち着くのではないか。精神的にギリギリな場所に留まるのではなく、もうそのラインを超え、完全に振り切れることが出来たら、俺は平穏になれるのではないだろうか。それこそ、悟りを開くように。そんな風にも思えてくるのだった。

本屋に入った葉太は、まっすぐ冷水器には向かわない。しばらく新刊の棚をぶらつき、目についた書籍を手に取る。ぱらぱらとめくるが、もちろん、何が書いてあるのか分からない。だが葉太は、身なりはみすぼらしいが、インテリジェンスがある、人間的にヒエラルキーの高い人間を演じる。だからなるべく、分厚いものや、直感的に難しそうな書籍を選ぶ。そうしてしばらく書籍を吟味した後、ちょっと休憩、といった体で冷水器へ行き、人がいる場合は口を湿らす感じで、いない場合は、ごくごくと遠慮なく水を飲むのだ。

今日は、人がいなかった。

葉太は、喉を鳴らして水を飲んだ。渇きが癒えた後は、喉仏が動くたび、自分は何をやっているのだ、という空しさに襲われ始めた。つい数分前まで行っていた、インテリジェンスやら、ヒエラルキーやらといった勝手な自己演出を思い出し、心がただれた。

葉太は冷水器から口を離し、熱くなってゆく頬を思い切りひっぱたきたい衝動に駆られながら、後ろを振り向いた。気配は感じていた。やはり、男が立っている。スーツを着た、白人の男だ。男は、まるで冷水器の順番を待っているかのように、葉太の真後ろで、じっと立っていた。年は四十くらい、頭が禿げ上がっているが、顔の皮膚がつるつるとすべらかなので、年齢がよく分からなかった。ほとんど透明に見えるセルリアンブルーの瞳と、目の間から始まっている高い鼻梁、薄い唇が、いかにもアングロサクソンの顔だった。

葉太は男にぶつかるようにその場を離れた。男は死んでいるので、葉太の体に衝撃はなかった。

アパートメントに滞在できるのも、あと一日になった。

所持金は、1ドルと47セント、一食ピザを食べたら、もう終了だった。葉太はとう
とう自分でも分かるほど臭い出し、パーカーには、細かいフケがパラパラと舞った。こめかみのあたりの白髪も、ここ数日で、異様に増えてきた。髭を剃らない顔は、青白くこけ、かつての葉太の面影は、かろうじて瞳に残っているだけだった。

所持金の頼りなさに精神を冒されたのか、自分でも信じられないことが起こった。ゴミ箱からあふれ出たゴミの中に、かじりかけのピザを発見したとき、咄嗟にこう思ったのだ。

あ、食べたい。

その瞬間、葉太の全身を、大量の虫が這ったような悪寒が襲った。葉太は驚きのあまり、そして、感動のあまり、動けずにいた。

自分は、ここまできたのか。

ピザは、化け物の舌のように、だらりと垂れている。油でぬめぬめと光り、チーズは乾燥し、明らかに生ゴミだったが、間違いなくピザだった。

ずいぶん長い間そこに立っていた気がする。葉太は結局、その場を離れた。

食べないでよかった、食べる勇気がなかった、食べないでよかった、食べる勇気がなかった。葉太はそのふたつの思いの間で、ゆらゆらとかしいでいた。

そして、はっきりと分かったことは、やはり自分はまだ、領事館には行かないだろう、ということだった。

もっと、もっと、もっと。

葉太を駆り立てるものは、思っているより強く、不可解だった。

自然に自分の足が、北に向かっていることに気付いたのは、54丁目のあたりだった。

あと数ブロックで、セントラルパークだ。

はっとした。引き返そう、葉太は当然、そう思った。今のこの、ギリギリの精神状態を振り切るためには、今セントラルパークでの出来事を、こと細かく思い出すべきではない。

葉太は足早に引き返した。53丁目、52丁目。

だが。

51丁目にさしかかったとき、葉太は突然立ち止まった。

セントラルパークのゴミ箱を、漁ってみるのはどうだろう？

そう思いついたとき、ゴミ箱のピザを「食べたい」と思った瞬間と同じ感覚が、背中を這った。興奮で、足の指先が、僅かに痺れた。

セントラルパークのゴミ箱を、漁る。

それは、自分の品性を決定的に地に落とす行為だ。今葉太が目指す、まるごしの、ありのままの境地に、簡単に近づける方法ではないだろうか。そして何より、パーク内のゴミ箱を漁る、という行為によって、パークそのものを蹂躙《じゅうりん》できる、蹂躙とまではいかなくても、侮辱することが出来るのではないか。

そうだ。

自分に人生最高の恥をかかせたセントラルパークへ、これで復讐が出来る。葉太は、振り返った。行く手にあるセントラルパークを見据え、俄然やる気を出して、歩き始めた。ほとんどケンカを挑むような気持ちで、歩いた。

1ブロック近づくたび、やはり、あのときの光景が、様々にフラッシュバックされる。無邪気なレトリバー、「まさか」の文字、走ってゆく男の、黒い後ろ姿。葉太は、頭をかきむしり、時々しゃがみこみながら、幻影を追い払った。去れ、去れ、過去の自分、過去の出来事。自分はそこから解脱して、新しい自分になるのだ。何者にも振り回されない、世界で一番下劣でみすぼらしい、そして、無垢な塊になるのだ。

何度目かにしゃがみこんだ葉太を、黒人の女が覗きこんできた。彼女は亡霊ではなかった。

まずは緑の芝生が美しいシープ・メドウへ。その後は、ジョン・レノンの死後造られたストロベリー・フィールズ、アンパイアー砦、映画のロケ地としてよく利用されるべセスダの噴水などへ行くのもいい。夏にはさまざまなイベントが行われる。なお、夜間や早朝は公園内を歩かないこと。

葉太はもう、「5番街を歩いている」とは、思わなかった。

何度も歩いた道だ。葉太ははしゃがなかったし、調子に乗らなかった。ただ、体の筋肉が、徐々に言うことを聞かなくなってきていた。出来る限りゆっくり、余裕をもって歩こうと心がけているのに、葉太の足は、だん、だん、と音が出そうなほど地面を踏みしめ、前を歩く人間を、次々に追い越していくのだった。

顔を覗きこんできた黒人の女は、しばらくついてきて何か言っていたが、葉太には何を言っているのか分からなかった。急にしゃがみこんだ後に、大げさに手足を動かし歩き出した男を心配しているのか、それとも他の目的があるのか、女は数ブロックついてきたが、無視し続けていたら、どこかへ去って行った。葉太は、女の姿を追わなかった。

58丁目の角のゴミ箱に、またピザの箱が捨てられていた。葉太はぴたりと立ち止まり、熱心に箱を見つめた。箱は時折、通り過ぎる車の振動で揺れ、そのたび葉太の心臓はキュウと縮み上がった。箱を開ければピザがあるかどうか分かるのだが、何故か葉太は、絶対に箱に触れてはいけないと思っていた。

かがんだり、背伸びをしたり、なんとか箱の様子をうかがっていると、背後に気配を感じた。振り返ると、先ほどの黒人の女だった。葉太は小さく、ひ、と声をあげ、後ずさった。女はとても太っていて、ひっつめた髪の毛の間から、地肌が見えていた。葉太に指を突きつけ、何か言っているのだが、無表情なので、感情が読み取れない。藍色の目玉は横に伸び、平たく見えた。

「ハレルヤ。」

言葉の合間に、それだけ聞こえた。その言葉を聞いた途端、葉太はハッと、我に返った。我に返った後は、足元から一気に体が冷えた。神を必要としている人間に見られたことがショックだった。女はとても熱心に何かを説いている。周囲の人間に、ここ5番街で、そんな自分を見られることが、恥ずかしくて仕方がなかった。

葉太は、汗にまみれた手をあげ、ノーサンキュウ、と小さな声で言った。女はなおも話し続けていたが、葉太は必死で顔の筋肉を動かし、少し笑った。周囲を見回し、目が合った人間に、困ったな、という顔をしてみせた。それだけでまた、大量の汗をかいた。

歩き出しても、女はついてきた。今度ははっきりと、ハレルヤを連呼していた。葉太は割れるように痛む頭を抱えたかった。その場にしゃがみこんで、ごろごろと転がりたかった。でもそれを必死に耐え、とうとう59丁目までやってきた。

瀕死だった。滝のような汗をかき、肩で息をしていたが、表情はなんとか涼やかにしていた。葉太はまるで、頭と体と精神と、何もかもがバラバラな妖怪だった。

女はずっと葉太に何か言っている。手を振り回している。両手の手首にぐるぐると白い紐が巻かれている。そこにつけられたたくさんの小さなロザリオが、光を受けてキラキラと光る。

やめてくれ、そう叫びそうになったとき、葉太は女の肩越し、道路をはさんだ向こう側に、もうひとりの妖怪を見つけた。

男だった。男が立っていた。

禿げ上がった頭の左右に、ぼさぼさと白髪が生えている。目は充血し、左目があらぬ方向を向いている。薄い唇に、不釣合いな大きな鼻。その男は、「まさか」と書かれたTシャツを着ていた。葉太のバッグを、奪った男だった。間違いなかった。右腕に、葉太のメッセンジャーバッグを抱えている。

葉太は、通りを隔て、男を見つめた。女の声は、もう聞こえなかった。葉太の耳は、じーんと痺れ、無音の状態になった。

男は、しっかりと、葉太を見つめていた。悲しそうでもなく、驚いてもいなかった。とても「普通」の顔だった。

死んでいるのだ。

ここで、死んだのだ。

葉太のバッグを盗んで走り、道路に出たところで、車に轢かれたのだろう。もしかしたら、馬車かもしれない。

亡霊たちの死亡時期は、葉太には分からないはずだった。だが、何故かその男に関しては、そうだという確信があった。男は葉太のバッグを盗んだあのとき、この道路に飛び出し、そして、何かに轢かれたのだ。

男は、じっと、ただじっと、葉太を見ている。

葉太は、馬鹿みたいに道に立ったまま、男を見た。見続けた。無音の中、口をぱくぱくと動かしながら、女はとうとう、葉太の右腕を掴んだ。

そのとき、

「『地球の歩き方』だけでも、返してくれないか。」

思わずだった。そう、声に出していた。

自分の声に、言葉に、葉太は、心底驚いた。心のタガがはずれかけている、いや、もう外れているかもしれなかった。その声をきっかけに、葉太の耳はまた、外界の音をキャッチした。強烈な音量だった。

「ハレルヤ!」

葉太は、大声をあげた。その勢いで、女の腕を振り払った。女は驚いた顔をして、何か叫んだが、葉太がじっと見つめると、何故か急に、怯えた顔になった。

葉太はくるりと振り返った。そして元来た道を、引き返し始めた。耳の辺りに心臓があるように、どくん、どくん、と鳴った。顔は、炎に触れたように熱かった。

葉太は、考えることをやめた。歩こう、と思った。とにかく歩きたかった。まっすぐ、まっすぐ、どんどん南へ、セントラルパークを背に、葉太は歩いた。

1966年、ロウアー・マンハッタンの再開発と貿易振興を目的とし、日系アメリカ人ミノル・ヤマサキ氏の設計により建設がスタートしたWTC。複合ビルとして1WTCから7WTCまで7つのビルで構成。なかでも中核を成すふたつのツインタワー(1WTCと2WTC)は、2001年の同時多発テロで崩壊するまで、米国経済のシンボルとして君臨していた。ちなみに3WTCから7WTCの5つのビルもテロにより全壊、またはほぼ全壊している。

現在この跡地は工事現場と化し、総工費$70億以上の再建工事が進行中。このプロジェクトの中核となるのが、ワン・ワールド・トレード・センター(当初の呼称はフリーダム・タワー）の建設だ。アメリカの独立年にちなんだ高さ1776フィート（約541m）のタワーを中心に、周辺には、槇文彦氏設計によるタワー4を含む高層ビル群、公園や記念館、文化施設の建設が予定されている。

そこがグラウンド・ゼロだと気付いたのは、たくさんの観光客で、溢れていたからだ。

三時間は歩いた。葉太の足は、棒のようになっていた。それでも歩き続けていると、数字の書かれてある道は終り、広々とした、というより、なんとなく閑散とした雰囲気になった。と思うと、また急に、高層ビルが林立し出し、それに慣れてきた頃、その向こうに、ぽっかりと、本当にぽっかりと、大きな建設現場が現れた。

大きなクレーンや白いテント、建設途中の建物が並んだ現場は、フェンスで囲われ、周囲に警察官が数人立っている。パトカーも一台停まっているが、パトランプは点いておらず、中に誰も乗っていない。

「GATE」と書かれた入り口には、作業員がたむろし、中心にいる男から何か説明を受けている。建設現場と道路を挟んだ反対側には、星条旗が飾られ、そこに数名の男の写真が貼ってある。その隣には、消防士の活躍を刻んだレリーフがあり、その前で写真を撮る観光客が、列をなしている。

建設途中の建物に目をやると、そこにも、星条旗が掲げられている。その下を作業員が歩くたび、わずかに揺れる。むき出しの鉄骨がそこかしこに置かれ、動かないクレーン車が数台停まっている。

ここに、ツインタワーがあったことが、信じられなかった。

葉太は、呆けたように、グラウンド・ゼロと呼ばれる、今ではただの建設現場である場所を見つめた。葉太の足の付け根は、ずきずきと痛み、それと同じように、葉太のこめかみも痛んだ。

夜、自室のテレビに映ったその理解を超えた出来事に、当時の葉太は、薄く笑ってしまった。だがしばらく見ていると、いてもたってもいられなくなった。

リビングに降りてゆくと、母も父も眠っていて、誰もいなかった。こんな早く、そう思った。葉太は、訳の分からない、だが切実なこの思いを、誰とも分かち合えないことに苛立ち、そして、家族とその気持ちを分かち合おうとしていた自分を恥じた。

葉太は自室に戻り、朝まで何度も繰り返される映像を、見続けた。眠ろうと思っても、眠れなかった。そして、のん気に眠っている両親を、特に父を、葉太は軽蔑したのだった。

その後父は、この出来事に対し、自分がどれほど胸を痛めているか、様々なメディアで存分にアピールしていたが、まさにあの瞬間、自分の健康のためにすやすや眠っていた父を知っている葉太は、大いに鼻白んだ。

父は数ヵ月後、ニューヨークへ旅立った。帰国後は9・11にまつわる、小説を書いた。

すべてのことが、葉太の神経を逆撫でした。父にまつわる、すべてのことが。

足元から、じわりじわりと、体温があがってゆく。葉太は気付いている。

父は、ここに、この場所に立ったのだ。

どんな思いで、この場所を眺めたのだろう。父は何を思い、何に目を奪われたのだろう。

今、葉太は、自分では制御できない血が流れているように感じていた。心臓を経由した自分の血であることは間違いないのに、その血液は自身で意思を持ったように、葉太の体の中で蠢《うごめ》いていた。

『地球の歩き方　ニューヨーク』は、父のものだった。

父の死後、病室のベッドの脇の引き出しから、葉太が見つけた。

病室に置かれていた父の書籍は、来る見舞い客を意識した、絶妙なものだった。古い哲学書、メキシコ人写真家の写真集、夭折《ようせつ》した俳人の句集。

ゴシップ誌はないのか？ エロ本は？ どうしてこんなに小説が少ないんだ？

父が死んだというのに、そうやって冷静にアラを探すことの出来る自分に、多少の後ろめたさを覚えながら、葉太は、『地球の歩き方 ニューヨーク』を、見つけたのだった。

「ははっ！」

思わず、乾いた声が出た。

「だせぇ！」

父がガイドブックを読んでいるところなど、見たことがなかった。それどころか父は、そういう行為を馬鹿にする男だった。今まで何度も海外に出かけていたが、本人いわく、ガイドブックなどに頼らない、行き当たりばったりな旅をしたいのだと、のたまっていた。

なのになんだ。買っていやがった。

しっかりガイドブックを、買っていやがった！

迂闊ではないはずの父の迂闊さを目の当たりにして、葉太の期待は、俄然高まった。しかも、『地球の歩き方 ニューヨーク』の他に、数冊のノートも見つかったのだ。もしかしたら父の本当の気持ちが書かれているかもしれない。狡猾《こうかつ》に演じていた父が人に見せたくない、おぞましくて格好悪い「自身」があるのかもしれない。見てみようか。葉太は思った。思ってすぐ、ノートを開いた。逡巡すると、一生開けなくなると思ったからだ。

ノートには、葉太には分からない取材のあれこれと、日記が綴られていた。入院前の記述は、その日何を食べたか、誰と会ったか、何を見たかなど、簡単なものだったが、入院後は、明らかに文章が長くなっていた。

時折、看護師の足音が聞こえたが、父を亡くした息子が、病室にひとりでいることを、皆勝手に慮《おもんぱか》ったのか、放っておいてくれた。だから葉太は、思う存分、父の日記を読むことが出来た。

父の日記は、やはり「父らしい日記」だった。つまり、「誰かに読まれることを想定した内容」だった。最終的に父は、血圧の急な上昇で意識を失い、そのまま死んだので、日記の中に、「遺言」のようなものは、見当たらなかった。ただ、とても穏やかな気持ちでいること、死に向かうのは、こんなにも静かで美しい感情のことだったのかという驚きが、書かれているだけだった。

「なんだよこれ。」

やはり、しゃらくさかった。

他の人間が書いたものであれば、葉太の心は動いただろう。死を目前にした、誰か別の人間が書いたものであれば、葉太はその言葉に胸を打たれ、もしかしたら、瞳を濡らしさえしたかもしれなかった。

だが、これを書いたのは、父だ。

「こう見てほしい」という自分を全力で演じた父が、これを書いたのだ。

おそらく父は、自分の死後、この日記が出版されることを望んでいたに違いない。抑制された、無駄なものがひとつもないこれら文章の中に、父の本心はみじんもないはずだ。

父が死を覚悟していたのは事実だ。それでもなお、全く失われない演出力に、葉太は感嘆した。ここまで貫くとは、もはや、あっぱれだ。父は最期まで、父だった。

葉太は、ノートを閉じ、用意していた段ボールの中に乱暴に入れた。これを出版するかどうかは、母が決めるだろう。日記の中には数行、母への感謝の言葉が述べられているページもあった。母はそれを、ことさら喜ぶはずだ。

最後に、『地球の歩き方　ニューヨーク』を段ボールに放り込んだ。入れた途端、だしん、と、思いがけず大きな音がした。葉太は、『地球の歩き方　ニューヨーク』

を見た。ほんの数秒だった。

明るい。

葉太は思った。

父が死んだ病室、その息子、日記が入れられた段ボール。その中で、『地球の歩き方　ニューヨーク』は、あまりにも、「明るい」のだった。無邪気で、悪意がなくて、夢があって、そしてとても、朗らかなのだった。

『地球の歩き方　ニューヨーク』は、最新版だった。購入したのは、おそらく入院直前だ。父はわざわざ、この病室まで、持ってきたのだ。

ニューヨークに、行きたかったのだろうか。

そう思った瞬間、鼻の奥が、つんと痛くなった。思いがけず、泣いてしまいそうになった。葉太は驚いた。心から驚いた。誰もいない病室を見回し、そっと、自分の目じりに触れた。涙は出ていなかった。

父のことは、嫌いだった。死んでも、嫌いだと、思っていた。

日記を読んで、もしかしたら父を許し、泣くことになるかもしれないと、どこかで恐怖していたが、そんなことはなかった。さすが父だ、最期の最期まで、しゃらくさい奴だったと、葉太は半ば、父に感心するような気持ちだったのだ。

だがこの、『地球の歩き方 ニューヨーク』は、どうだ。

明るすぎる。

明るすぎるんだ。

『地球の歩き方 ニューヨーク』すぎるのだ。

治ったら、ニューヨークに行きたい。

父は、そう思ったのか。死の床につき、延命治療を拒み、死後出版されることを目論んでしゃらくさい日記を書き、それでも尚、父は望みを、捨てていなかったのか。

治ったら、ニューヨークに行きたい。

その願いの、あまりの無邪気さ、切実さに気圧され、葉太は息をすることが出来なかった。苦しかった。胸をおさえ、動悸を数え、長い間、本当に長い間、じっとしていた。

葉太は、『地球の歩き方 ニューヨーク』を、自分のバッグに入れた。大嫌いな父だが、これを、他の人間に見せたくなかった。それは父の唯一の、そして強烈に格好悪い、だからこそ真実の姿だと、葉太は思った。

葉太はこのことを、誰にも言わなかった。一生自分だけの胸にしまっておこうと誓った。『地球の歩き方 ニューヨーク』を、隅から隅まで、暗記するほど読み込み、そして、父の金を使って、生まれて初めて、一人旅に出たのだった。

なんて、センチメンタルなんだ！

自分がニューヨークに来たのは、セントラルパークで本が読みたかったからだ。それは紛れもない、葉太の真実の願いだったが、その願いは、『地球の歩き方　ニューヨーク』を読んだから、生まれたものだった。ニューヨークに行くことは前提で、その中で自分が一番やりたいことを、葉太は見つけたのだった。

セントラルパークで寝転がって、本を読みたい。

葉太は、自分がニューヨークに来た理由を、それ一点に絞った。それ以外のことは、見ないようにした。父のことを思い出したのは、父を嫌うためだった。最後まで、ずっとずっと、父を嫌いでい続けるためだった。なのに今、

「どうして最後まで嫌いでいさせてくれなかった。」

葉太は思った。

いや、今だけではない。病室で『地球の歩き方　ニューヨーク』を見たときから、葉太は思っていた。

「どうして最後まで嫌いでいさせてくれなかった。」

ずっと嫌いでいられたら良かった。いや、嫌いなのは事実だ。今も葉太は、父を許

していない。父は姑息だった。しゃらくさすぎた。嘘の日記を書き、最後の最後まで演じ続けた。身内にも本音を漏らさず、勝手に死んでいった。

「どうして最後まで。」

泣いてしまう。そう思った。だがだめだ。

ここで泣いたら、「父を恋しがって、泣いている男」すぎる。

葉太は、涙こそ流していなかったが、もはや泣き顔だった。いけない。葉太は、表情筋を全力で動かした。頬や口角が、ギシギシと音を出しそうだった。葉太は肩で息をしながら、体中のすべての神経を顔に集めた。唇が震えた。その震えを止めるために、また神経を集めなくてはならなかった。葉太は、肩で息をした。鼻呼吸を心がけ、それで足りない空気を口から取り入れた。ふ、ふ、ふう、リズムをつけて、ゆっくり息をした。背筋を出来るだけ伸ばすと、背骨がぴりぴりと震えた。葉太は長い時間をかけた。ほとんど死ぬ気でやった。

そのとき、

「誰に見せてるんだ?」

葉太の脳内で、声がした。葉太の声だった。

この顔を、俺は誰に見せてるんだ?

今葉太は、ひとりで立っている。周囲の観光客は、葉太を見ない。必死で顔を作ったところで、息を整えたところで、誰も葉太を知らないし、興味など持たない。

葉太は分かっていた。俺は、この姿を、自分に見せているのだ。友人が許したって、誰が許したって、決して許してくれなかった自分に、俺は自分を見せているのだ。

何のために？

父の残した『地球の歩き方　ニューヨーク』を持って、ニューヨークへ来た自分が、恥ずかしいからだ。恥ずかしすぎるからだ。そしてそのことを直視すると、苦しくなるからだ。苦しくなりたくないからだ。

そこまで分かっていて、なお苦しかった。葉太は、とても苦しかった。

葉太は、掌をぎゅ、と、強く握った。

俺は、自分自身に対して、演技をしている。自分を欺く者に、本当の姿などない。そのことだって、分かっていたはずだ。ずっと分かっていたはずだった。でも、やはり苦しいのは、そんな自分を、どうしようもなく嫌だと思うからだ。俺は一生、この苦しみと付き合わなければいけない。自分を欺き、演じて、そのことに嫌悪し、だが決してやめられない。俺はそうやって、一生、苦しんでゆくのだ。

握った掌をゆっくりと開き、葉太はその手を、ゆっくり、持ち上げた。そして二、三度、自分を騙すように太腿をはたいたとき、葉太は、やっと気付いた。

葉太を見ている、数百人の視線を。

「GATE」のそばで、フェンスの内側で、建設途中の建物の二階で。男がいる。女がいる。老婆も、子供もいる。

亡霊だ。

あの事件に巻き込まれた、たくさんの、たくさんの亡霊たちだった。

皆、葉太を見ていた。皆じっと、葉太を見ていた。

葉太の足は震えた。ガクガクと、最初は自分にしか分からない震度で、そしてやがて、他の人の目にも分かるくらいの震度で。止まれ、そう念じたが、足は止まらなかった。それだけで意思を持ったように、震え続けた。

亡霊なんて、怖くはなかったはずだった。

葉太の前に現れ、ただ葉太をじっと見ている彼らは、葉太にとって、わずらわしい存在にすぎなかった。

怖いと思ったのは、初めて亡霊を見たときだけだ。怖かった、本当に怖かった。だがあのとき、助けを求めた父は、葉太を突き放したのだった。

葉太はじっと、熱くなった自分の足元を見つめた。気配がしていた。左後方だ。きっと、父が立っている。

ニューヨークに来て初めて、父が姿を現すのだ。

葉太は、自分の背中が、特に左側が、熱くなってゆくのを感じた。足の熱が、背中に移動したようだった。父は、自分を救いに来たのだろうか。それとも。

葉太は振り返った。足の震えは止まらず、振り返るだけで、付け根がぐき、と、嫌な音を立てた。

果たして、父はそこにいた。白いシャツ、ブルージーンズとベージュの靴、髪をいい具合になでつけ、知的に見える眼鏡をかけて、そこに立っていた。

父は、葉太をじっと見ていた。

今、葉太は初めて、いや、祖父のときから数えて二度目の恐怖に、打ち震えていた。たくさんの亡霊たち。たくさんの、たくさんの亡霊たち。

彼らは、死んだのだ。

そんな当たり前のことを、葉太は今更思い出していた。死んだから、亡霊なのだ。

皆、死んだのだ。

「お前の苦しみなど、死の苦しみに比べたら。」

それはやはり、葉太の声だった。

葉太は、自分の苦しみが、恥ずかしかった。恥の意識の強さを、心から嫌悪してきた。いわれなく死んでゆく人間がいる中で、自分のその苦しみが、本当に取るに足らない、そして大いにつまらないものだということは、完璧に理解していた。

だから、彼らが見えるのだ。自分には、「死者」がはっきり、見えるのだ。そしてその「死者」は、自分を見つめていなくてはならない。彼らの視線は、生きているのに、まるごしでその「生」に感謝できない自分を戒める、非難の目なのだ。

父は、葉太を今回も、助けてくれなかった。他の「死者」と同じように、葉太をじっと、ただじっと見つめていた。

葉太は改めて、そのことにショックを受けた。まるで今初めて、父が死んだことを知ったように。そのとき葉太は、父が死んだ、死んでいるということに、大きく傷つき、驚いていた。怖かった。本当に怖かった。

「怖い。」

そう、声に出した。

「怖い。」

こんなにたくさんの人間が、一度に死んだことが、怖かった。父が死んだことが、

怖かった。「まさか」の男が死んだことが、怖かった。「死者」たちが自分を見ている
ことが、そして自分も、いつか死ぬことが、怖かった。

「怖い！」

叫んだ瞬間、葉太は走り出した。

「怖い、怖い、怖い怖い怖いこわこわこわ！」

観光客たちを押しのけ、来た道を、まっすぐ走った。すれ違う人、ぶつかる人、皆
が葉太を見た。訝しそうに、驚いた顔で。だが、葉太の恐怖は、止められなかった。

「怖い！」

葉太は走った。走った。

怖い。死者が怖い、父が怖い、自分が死ぬことが、怖い。

9・11で死んだ者たちは、こう思ったはずだ。

「死にたくない。」

葉太の脳裏に、ビルに突っ込む二つの機体、煙、崩れ落ちてゆくビルの映像が浮か
んだ。今見ているように、はっきりと浮かんだ。いや、もしかしたら、自分は今それ
を、はっきり見ているのかもしれなかった。

その生々しい映像に重なるように、『地球の歩き方　ニューヨーク』最新版の、明

るさがあった。生きる意志、生き続ける希望に満ち溢れた、あまりの明るさがあった。

父も、こう思ったのだ。絶対に思ったのだ。

「死にたくない。」

だが父は、死んでいったのだ。

6ブロックほど走ると、葉太の足はもう、疲労の限界に達していた。だが恐怖は体を去らなかった。葉太は走り続けた。

ニューヨーク市には、マンハッタン、ブルックリン、クイーンズ、ブロンクス、スタテンアイランドの5つの区があり、……ニューヨークが舞台の映画やドラマには必ず登場し、多くのニューヨーカーに愛され続けている公園……14thＳｔ．の西側にある、ミート・パッキング・ディストリクト……を挟んでその対岸にあるのがニュージャージー州。自然に囲まれていることから……オフ・ブロードウエイの劇場や24時間営業のカフェが点在している……若者に人気のレストランやバーはアベニューAやBに多い……セオドア・ルーズベルト生誕の地など、数々の歴史的建造物や豪邸が……１９５０年代にはビートニク、１９６０年代にはフォークシー……

14丁目以南は通り名が数字ではなくなるので道に迷わないように注意し……8枚の版画と1枚の素描画からスタートしたコレクションは今や15万点を超える数を……同時多発テロで崩壊するまで、米国経済のシンボルとして君臨していた。

『地球の歩き方　ニューヨーク』の、一言一句違わず覚えた言葉が、そのひとつひとつが、葉太の脳内で弾けた。その文章の清々しさが。明るさが。

葉太は、死にたくなかった。走った。

もう無理だ、もう止まろう、そう思っても、恐怖が体をつきあげ、結局止まれなかった。葉太は泣きながら、たくさんの人の視線を一身に受けて、走った。恥ずかしかった、恥ずかしかったが、それでも、走ることをやめられなかった。

最初に肺が、次に心臓が、そして足が、首が、崩壊し始めた。苦しい、苦しい、と、大声でわめいた。走る街の角々に、死者が立ち、まっすぐ、葉太を見ていた。死者の列は、終わらなかった。ずっとずっと続いた。その視線を感じながら、大声で謝りながら、葉太は走った。苦しい、ごめんなさい、でも苦しい、苦しい。それは葉太の、体の叫び声だった。まさに、葉太の体に起こっていることだった。

葉太は恥ずかしかった。亡霊に自分を見られていることが、恥ずかしかった。でも亡霊たちは、ただただ、葉太を見ているだけだった。

この苦しみを、亡霊たちはきっと理解出来ないのだ。輝かしい生のさなかにいて、なのにまるごしで生きられない自分が、こんなにも苦しいことを、亡霊たちにはきっと、まったく理解出来ないのだ。

苦しみは可視化出来ない。傷口から血が流れるようには、それが地面を濡らすようには、苦しみは姿を現さない。亡霊にも、誰にも見えない。分からない。

葉太は、体の叫びを聞いていた。苦しい、と、それははっきり叫んでいたが、その声も、誰にも聞こえないのだった。葉太にしか、分からないのだった。自分の苦しみを、誰にも分かってもらえない絶望の力で、葉太は走った。苦しみ果てるその渦中、何かがよぎったような気がしたが、それ以上に苦しくて、葉太は、がふっと咳き込んだ。

誰にも分かってもらえない。

誰にも見てもらえない。

葉太は、何度も咳き込んだ。咳き込んだときに、黄色い痰《たん》が喉の奥から溢れた。

なら。

視線がぼやけた。数々の亡霊が、生きている者が、葉太を見ていた。葉太の体だけを見ていた。

ならばこの苦しみは。

葉太は、目を見開いた。

「お前のものだ。」

声が聞こえた。

「お前だけのものだ。」

父の声だった。

この苦しみは、葉太のものだった。葉太の体に起こっていることだった。

街の角々に、たくさんの死者が立っていた。そしてその中に必ず、父もいた。父はどの角にもいて、じっと、葉太を見ているのだった。

「その苦しみは、お前だけのものなんだ。」

葉太は、父を思った。

田舎にいた頃の自分を葬り、なりたい自分になろうと奔走してきた父。そして、そうなれた後は、それを守ることに、全力を注いだ父。それは、はっきりとした父の意志ゆえだったが、もしかしたら、葉太には想像も出来ない数の人間や、一握りの誰かのために、そうしていたことなのかもしれなかった。

葉太だって、小紋扇子には、いつまでも引きこもりでいてほしい、社会に出てきたとしても、この社会を嬉々として楽しむ人間にはなってほしくないと、心のどこかで、思っていた。小紋は、いつも、いつだって、葉太の望む話を書いてくれた。それが小紋の心の声であることに間違いはなかったが、もしかしたら、葉太や、たくさんの「葉太たち」の声に、精一杯答え続けた結果でもあったのでは、ないだろうか。

誰かが何かを演じるとき、そこには自己を満足させること、防衛すること以外に、もうそれはほとんど、「思いやり」としか言えないような、他者への配慮があるのではないだろうか。こんなクソみたいな世界に、ゴミみたいな自分に疲弊し、もう死にたい、そう思っている人間も、誰かの、何かのために思いやり、必死で演じ、どこかで死なずに、生き続けているのでは、ないだろうか。

父は田舎を捨てた。両親を捨てた。つまり、自分の原点を捨てた。全力で「自分のなりたい自分」を、そして、「皆に望まれる自分」を、それが間違いであったとしても、全力で演じ、だが自分のすべてを背負って、死んでいったのだ。

その苦しみは父のものだ、それを演じたのは、父の体だ。

「お前のものだ。」

何かを演じる、演じ続けている俺たちには、もはや真実は、この感覚にしかない。

この体は、そして、この苦しみは、俺のものだ。

俺だけにしか分からない。

恥という舵に振り回されている、ちっぽけな船のような、俺の体。そして、その船に、永久に積まれたままの、俺の、ゴミのような苦しみ。取るに足らなくても、クソみたいでも、これは、俺の苦しみなのだ。

俺は俺の苦しみを、苦しむ。誰にも代わりは勤まらない、このクソみたいな、ゴミのような苦しみを、俺だけが、最期まで、真剣に、苦しんでやれるのだ。

死者たちは、じっと、ただじっと、葉太を見ている。

葉太は苦しかった。

葉太の体は、とても苦しかった。


ニューヨークは世界でも指折りのグルメタウン。移民の街として成り立ってきたこともあって、世界各国の味と出合え、すばらしい料理を堪能できる。

その店を見たとき、葉太の足は、マメがつぶれて、血だらけになっていた。顔は鼻水と涙にまみれ、汚れた髭を伝って、ゆっくりと落ちて行った。首の後ろに、かいたことのない大量の汗をかき、掌と足指はじんじんと痺れていた。喉に唾が溜まって、葉太は猫のように唸った。

葉太は、何らかの啓示のように、その店に入った。

店内には、女がいた。

女は、タチウオや秋刀魚や、とにかく鋭い顔の魚に似ていた。骨格がしっかりとしていて、眼鏡を、耳ではなく頬骨で支えている。唇の下に、大きな丸いピアス、目が異様に充血している。

女は、葉太の姿を見て、目を見開いた。葉太の風貌に、驚いているのか、それとも葉太を、覚えているのか。葉太が凝視していると、それでも姿勢をただし、やはりコーヒーのポットを持ったまま、まっすぐこちらにやってくる。

葉太は、女が、あと二メートルの位置に来たとき、こう言った。

「ヘルプミー。」

大きな声だった。

女の目が、わずかに光ったような気がした。何故かこのようなことは分かっていた、というような顔に見えた。

葉太は、金がないこと、パスポートをなくしたこと、とにかく今、とても怖くて、怖くて仕方がないことを、訴えた。英語は出来ないので、ほとんど単語を叫んだだけだったが、切羽つまった様子に気圧されたのか、女はわずかに眉間に皺を寄せ、葉太を席に座らせてくれた。

葉太が、席に座るやいなや、

「アメリカンブレックファスト。」

そう言ったときも、女は眉間に皺を寄せた。葉太自身、自分のあまりの図々しさに驚いた。もう夕方だった。金は1ドル47セントしかなかった。それでも、どうしても、あの「アメリカンブレックファスト」12ドルが、食べたかった。

しばらく沈黙が続いたが、女はやはり、こんなことは分かっていたとでもいうように、黙って厨房へ行き、中に声をかけた。

それは、葉太が今まで食べた中で、一番、絶対に一番美味い、朝食だった。

「美味い。」

食べながら、葉太は、何度も声をあげた。

「美味い。」

カリカリに焼かれたトースト、「中身」のほうが多いオムレツを、葉太は泣きながら平らげ、女がすすめる「COFFEE?」を、決して、断らなかった。

葉太の隣には、父が座っていた。

父は、葉太をじっと見ていた。葉太が父を見つめ返した瞬間、父から、母が漬けた漬物の香りが漂ってきた。香りは強烈だった。もちろん、現実のものではなかったが、葉太にとっては、現実よりも数段深く、信じられる香りだった。

アメリカンブレックファスト美味い。めちゃくちゃ美味い。

目を潤ませる葉太を、女がじっと見ていた。女は生きていた。葉太は、感謝の意味をこめて、口角をぎゅっとあげてみせた。女は軽く手をあげ、またすぐに、自分の仕事に戻った。今更ながら、自分のことを恥ずかしく思った葉太を、父がやはり、じっと見ていた。父は、死んでいた。

葉太は何故か、父に、人生でほとんど初めて、褒められたような気持ちになっていた。

ニュージャージー州にある国際空港。A、B、Cの3つのターミナルがあり、ユナイテッド航空(旧コンチネンタル航空)がターミナルBとCに乗り入れている。

夢を見ていた。

朝食の夢だった。

目を覚ましてすぐ、首の痛みに気付いた。無理な体勢で眠っていたのか。葉太は恐る恐る、自分の体を動かした。痛みは首の付け根から始まり、ぴりぴりと糊を剥がすように徐々に肩、背中、最終的には腰へとつながっていた。葉太の尻のあたりで、毛布が入っていたビニールがチュ、と音を立て、垂れたシートベルトが、葉太のふくらはぎを打った。

目をこする。ぼやけていた視界がすっきりしてくる。葉太の目の前の画面には、アメリカ大陸を飛ぶ飛行機の、古いゲームみたいにギザギザした映像が映し出され、脱いだ靴の紐が、通路側にはみ出している。

ニューアーク空港発、成田空港行きのフライトは、思ったより空いていた。

葉太が座っている三人がけのシートは、真ん中の席が空いている。葉太は窓際の席で、通路側には、韓国人か、中国人か、日本人か分からない東洋系の中年の女が座っている。画面の調子が悪いのか、リモコンをいじりながら、何度も舌打ちをしている。葉太の座席の画面も、時折砂嵐のようなものがザーッと走り、見えなくなる。機体は古く、CAは中年ばかりだ。

葉太は、日本に向かっていた。

領事館での葉太は、ほとんど不法滞在者扱いだった。紛失届けがないと新しいパスポートは発行できないし、そうするには現金が必要である、そもそもどうして盗難に遭ってからすぐ届けなかったのか、この数日身分証明書もパスポートもなく滞在していたのはどういうことか。様々に叱責されたが、それが日本語であることが、葉太はどうしようもなく嬉しかった。結局、領事館宛に送金したり、滞在先に延期の手続きをしたり、大いに活躍したのは、日本にいる母だった。

母は、父の知り合いだというニューヨーク在住の金井と名乗る日本人の男性に連絡を取り、結局手続きのほとんどを金井に頼ることになった。母は、葉太と電話で話す際、喜んでいるのではないかと疑うような甲高い声で、葉太を叱った。

「いくつになっても子供だよ！」

やはり、どこかで聞いたような台詞だった。

「世話が焼けるったら！」

葉太は、領事館に行けばなんとかなる、などと思っていた数日前の自分が、信じられなかった。

大いなる高みから見たら、自分はなんて、恥知らずな人間だったのだろう。

二十九歳、父の建てた家に住み、職を転々とし、父の残した遺産を使ってニューヨークへ行き、観光初日ですべてを盗まれ、英語も話せず、最後には、母に助けてもらう男。挙句、日本に帰ったら武勇伝を伝えるはずだった友人も、度重なる葉太の「逃亡」で、実は今や、一人もいないのだった。

自分は、なんて、情けない人間なんだ。

なんて、のん気で駄目なボンボンなんだ。

葉太は、金井の言う通り、何枚もある書類にただサインをしただけだった。母親が送ってきた金で航空券を買い、金井に送られて、ニューアーク空港に向かった。葉太は、この「自分」で、よくもまあ今まで、生きてきたものだと思った。

俺は、とんでもない恥知らずだ。

空港へ向かう前、葉太は金井に金を借り、あのダイナーに向かった。女に金を渡すと、女は驚いたように目を丸くし、笑ったが、チップを多めに渡すと、当然、という風に受け取った。そのことが、葉太を心安らかにしてくれた。店を出るときに店名を見ると、「HEAVEN'S DINER」と、書いてあった。

警察に届けを出したバッグだが、見つからないだろうと、葉太は思っていた。

あのバッグは、永久に、ニューヨークを彷徨うのだ。

セントラルパークの池のほとりを、５番街の信号を、タイムズスクエアを行き交うイエローキャブの間を、グラウンド・ゼロの静けさの中を。ふわふわと漂うバッグに思いを馳せながら、葉太は窓にもたれた。

飛行機はすでに、太平洋上を飛行していた。通路側の女は、いびきをかいて眠っている。機内の電気が消された。眠っている人々が発する、静かで平穏な気配が漂っている。

フライトは順調だ。時々ガタガタと揺れるが、恐怖をあおるほどではない。

葉太は、読書灯をつけた。領事館の人間にもらった布袋から、本を出した。表紙を撫でる。しばらく、そのまま眺めていた。葉太の腹が、ぎゅるぅぅう、と、大きな音を立てた。耳まで赤くなった葉太を、誰も見なかった。暗くなった機内で、こほ、と、誰かが小さく咳をする音が聞こえた。

ページをめくり、葉太は、ようやく『舞台』を読み始めた。

巻末特別対談

西 加奈子×早川真理恵

ややこしい自分も悪くない

テレビ番組のインタビューで知り合い、
プライベートでも友達になったお二人。
この日は半年ぶりの再会で、『舞台』のこと、
葉太のこと、じっくり語り合いました。

撮影／嶋田礼奈

『舞台』で泣くのは危険？

早川　今日はこういう機会をいただけて本当に嬉しいです。単行本が刊行された際に「王様のブランチ」という番組で西さんにインタビューをさせていただいたんですが、収録中に泣いてしまったほど、『舞台』は私にとって特別な作品です。

西　『舞台』は男の子が主人公なので、男の人にはわかると言ってもらったりするんですけど、女の子は主人公の葉太に対して「なんやコイツ」という反応もあるんですよね。だから本当に嬉しいです。葉太のように自意識過剰なところは一切なさそうな真理恵ちゃんが、この本をいいと言ってくれているのは、ただの共感ではないんじゃないかなと思ったんですが。

早川　いえ、共感する部分がたくさんあったんですよ。これまでも共感できる本は何冊も読んだことがあるんですけど、今回は一度も人に話したことがないし、誰にも相談したことがないようなことがいくつも書かれていて。自分の中で無意識に避けている部分を突いてくる。いろいろなたとえもよくわかることばかりでした。

西　葉太はハンサムだし裕福に育っていて、そういう子たちの悩みってスルーされがちだと思うんです。そうじゃない子たちの悩みのほうが切実に取られがちで、もちろんそれは尊重すべきだし癒《いや》すべきだけど、モテはしても愛されないとか、金持ちで顔も良くてなに悩んでんねんって言われて無視されがちな悩みがあることを無視したくない。とくに今世界情勢も大変な中で、「そんなんで悩むなんてあかん」と言われてしまうの辛《つら》いやろうな、そういう悩みを書きたいなと。真理恵ちゃんも恵まれているとされているから、他人からは見えにくい悩みがあるやろうな。

早川 悩んでいることに自分でもそんなに気づいていなかったんですよ。でもこの本を読んで、葉太、苦しいだろうなと思った時に、あ、私もなんか苦しかったなと。小説で西さんがこうして書いてくださったことで、自分を客観的に見ることができた。私もこういうところがあるけど、誰にも相談できなかったなと。それを西さんが書いてくれたのが嬉しくて、インタビューの時、西さんが、こういう気持ちで書いた、私にもこういうところがある、と話すのを聞いて急に泣けてきて……。

西 あれはすごく嬉しかった。たとえば主人公が最後に希望を見つける『サラバ！』（二〇一四年刊）で泣いてくれるのとは違う、『舞台』で泣くのって危険なんだよね（笑）。『舞台』は主人公がひたすらに苦しむ物語だから、「わかる」と泣いてくれたら「どこがわかるの」って心配にもなるし。

早川　主人公はやっぱり変わっていますよね。すごく変わっているのはわかるんですが、みんなどこかにそういうところはあるんじゃないかって。

西　あるある。私は多分にある。

早川　もちろん葉太は極端だし、程度はみんな違うと思うんですけど。たとえばニューヨークで財布を失くしても、私は葉太みたいには頑張れないと思いますが、旅行の初日にセントラルパークで荷物を盗まれたとは友達には絶対言えない。「え、なにしてたのダサ」って言われるってわかっているから（笑）。

東京に上京してきたばかりで地理が全然わからないころ、友達が「渋谷のモヤイ像集合ね」と言ったんです。「え、ハチ公以外に集合場所なんてあるの？」と思いつつ、もしかしてすごく有名な場所かもしれないと思って訊《き》けなかった。インターネットで調べて、待ち合わせよりも三十分くらい早く到着したり

はやかわ・まりえ。1988年愛知県生まれ。タレント。上智大学外国語学部ロシア語学科卒業。在学中にミスソフィアに選ばれる。2012年4月から2015年9月まで、TBS系「王様のブランチ」のリポーターを務め、BOOKコーナーでは多くの著者にインタビューを行った。

して、それで「ちょうど来ました」とか（笑）。そうしないと恥ずかしいと思っていたことも、東京に来て九年経った今だから言えますけど、葉太を見ていると昔の自分を見ているようだし、今の自分にもまだどこかに、そういうところがあるなと改めて教えてくれました。

西　やっぱり都会だからなのかな。東京とかニューヨークで自意識に縛られてしまうのは。

早川　田舎よりそういう人が多いと思います。

自意識のむずかしさ

早川　たとえば子犬がいた時に、子犬をかわいいって言う女の子は多いですよね。でも子犬をかわいいと言う女子は、言っている自分をかわいいと思っているんだ、と言う人も多い。だからそう思われたくなくて子犬かわいいって言えないんですよ。

西　わかる！「肉じゃが」もじゃない？　私肉じゃがめっちゃ得意やねんけど。

早川　そう言ったら家庭的な女アピールしていると思われる！

西　そう！　ただのじゃがいもの煮物なのに！

早川　子犬をかわいいと言う女子は自分のことかわいいって言っている、という人のほうが主流なのかなと不安になって、じゃあもう子犬かわいいって言わない！　思っていても言わない。そういう細かいことがいろいろあったのに自分では気づかないようにしていた。でも葉太の行動を見ていたら息苦しいなと思ったんですよ。息苦しいって、思っていいんだなって。

西　自分が子犬が嫌いで、でも言っておいたほうがいいと思ってかわいいと言っているならまだ批判され甲斐《がい》もあるけど、本当にかわいいと思っているのに嘘つかなあかんって、辛いよね。私も得意料理は肉じゃがって、三十代になったら言えるようになったけど、なんで二十代では言えないのかなと。たちの悪いことに、人に言われていないのに、自分で檻《おり》を作ってしまうこともあるからしんどいんですよね。しかもそのしんどさって、取るに足らないって言われてしまうようなことだから、あえてここを徹底的に書こうかなと思ったんです。だからそう言ってもらえて嬉しいです。

息苦しい人たちに自由になってほしいし、自分もそうなりたい。あと、自由じゃない自分のことも愛してほしいと思う。自分がどう見られるかを気にしてがんじがらめになっている人、多いと思うけど、それでもええと思うねん。よく言われている「そのままでいいんだよ」とはまた違う、「自分を作っててもええやん」ということを、書いていて強く思うようになったかな。

「ありのままに、本音で」という強制

早川 映画『アナと雪の女王』の主題歌「ありのままの姿見せるのよ」という歌詞が苦手なんです。今回『舞台』を読み直して改めて思ったのは、「ありのまま」の姿を見せることだけがいいわけじゃないし、本当に「ありのまま」を見せている人なんているのかなと。

西 あれだけ流行《はや》るっていうのは、普段はありのままを見せられていないってことだよね。

最近テレビを見ていて思うのは「本音を言い合おうよ」と言うタレントさんが人気があるけど、テレビで本音なんて言えるわけがない。そこでいう「本音」というのは、サーブされた食べやすい本音なんですよね。たとえば「年収いくらなの」とテレビで言うと、この人は誰にもやれないことをやっている！　なんて正直な人なんだ、と賞讃されるけど、あれはテレビ用にちゃんと作って言ってくれていることで正直とは違う。でも正直じゃないことが悪いわけでもない。それがなんか無理しているなあ

ドルのほうが自然だとすら思う。それだったらテレビ用にガチガチに作って、にこっとしているアイドルのほうが自然だとすら思う。

「正直であろう」「ありのままであろう」強制がすごくて、「正直じゃないこと」への何かがあるんだなと思うけど、人さえ傷つけなかったらそれが演技でもいいのにってすごく思うんですよ。

早川　「ありのままの姿見せるのよ」って、誰から見た「ありのまま」のことを言っているのかなと考えてしまうんです。友達から見てなのか、仕事の人なのか、どこかで演じている面はあって全部はみんなに見せられていないし、だからあの歌詞が苦手なのかもしれません。

西　そうだね、勇気づけられている人もいるけどね。たとえばセクシャル・マイノリティでそれを言えない人とか、人によって受け取り方は違うんだろうけど。

テレビの「毒舌本音キャラ」みたいなタレントさんを見ていると、きっと本当はそんなこと言う人じゃない、優しい人だと思うんです。それをテレビ用に私たちに合わせた言葉で言ってくれている、そのことがすごいし、それこそがスターだと思う。

一方でいわゆる「いい人キャラ」の人が一回失敗すると「ほら見たことか！」とみんなが言うけど、それまでずっと積み上げてきた、頑張ってきた「いい人」の努力を

なんでなしにするのって。たった一回で「本性」と言われる。それはめっちゃ怖い。本音なんか絶対に言われへんと思うな。

早川　芸能界ではやっぱり人とちがうところを見せなくちゃいけないという、キャラづけみたいなこともあるんですよね。それって演じているってことなんですけど、今は「ありのままを見せている」ふうなキャラが受けるから、女の子でも「彼氏いますよ」とか言うことで女の子に人気が出たりします。

西　それって私の大好きな新日本プロレスとも少しかぶるんだけど、新日本プロレスに棚橋弘至《たなはしひろし》さんってプロレスラーがいて、凄《すさ》まじい戦いをしていらっしゃるのに長髪で茶髪でエアギターをして「あいしてまーす」とか仰《おっしゃ》るの。そのノリがプロレス界にはなかったから昔は嫌われたりもしたけど、今はスーパースターなの。一方で渋い感じで「俺、不器用なんで」というレスラーもいらっしゃって、やっぱりめちゃめちゃ人気ある。私はどちらもかっこいいと思うけど、じつは棚橋さんのほうが難しいことやっているんじゃないかなと思う。
　それと同じで「私、彼氏いません。にこっ」というタレントさんは「あれぜったい嘘っすよ」とか言われて、女子には愛されないんだよね。「私すっぴんブスなんで」って言うほうが愛される。でも本当はそっちのほうが簡単なんだと思う。どちらのキャラもいいと思うけど、片方だけが「すごい！　正直！」となるのはなんかおかしい気もする。
早川　今は正直じゃない人は嘘つきって思われるんですよね。
西　「正直」を演じる人もいるから難しいね。

キャラに全力で乗ってあげる優しさ

西　ニューヨークが大好きで何度か行っているんですが、行くたびに普段しないことをしてしまうんですよね。セントラルパークでスケッチしたり、外で寝っ転がったりとか。それで帰るとき急にそのことが恥ずかしくなる。でもあるときそういう自分もかわいいなと思えて。それが『舞台』を書く最初のきっかけになりました。
　演じるという言葉はだましているみたいだけど、じゃあ演じていない瞬間なんてあるのかなと。おじいちゃんの前でなんとなくセクシュアルな話はできない。おじいちゃんの前ではおじいちゃんに合わせたこともするよね。それって全然悪くないと思う。相手への思いやりですよね。ただ、過剰に演じている人を見てしゃらくさく思う気持ちはわかるけど。

早川　しゃらくさいといえば葉太のお父さんが、私はすごく好きなんです。作家である自分を常に意識している振る舞いが、葉太には嫌われていますけど、あそこまで自分のかっこいいところ全面的に演じられる人には憧《あこが》れますね。それだけ徹底して頑張っているというのがかっこいいと思いました。

西　わかる。私も好きです。頑張って社会のイメージに合わせようとした結果だから、すごく人間らしいと思う。

『アナと雪の女王』の歌詞の話も出たけど、これまで私は「ありのままで」って話を書いてきたと思うんです。社会と折り合いのつかない子が身も心も全裸になるような話を。いわゆる空気が読めなくて傷だらけの子を書いてきて、たとえばサイン会に来てくれた読者が「西さんの本を読んでありのままでいいんだと思いました」って言ってくれる。すっごい嬉しいねん。本当にそれで悩んでいた人もいるだろうし、良かった！と思う。でもありのままって言葉が一人歩きし始めてそれこそ全裸で走るようなことが「ありのまま」になったら違うなと。

じゃあ逆に「僕はありのままじゃない」「俺はこれできへん。俺、汚いのかもしれへん」「私せこいのかもしれへん」って思っている子にそうじゃないって言いたくて。ありのままってそんなわかりやすいことだけじゃなくて、あなたが生きていく上で人に対して思いやりをもって接していることも「ありのまま」やし、否定してほしくない。

早川　学生時代の同級生で太陽のようにまぶしい子がいたんですよ。常に明るくて天真爛漫。人の悪口は言わないし、周りの子もその子を悪く言わない。だからたぶん本当にいい子だと思うんですけどなぜか苦手で……。この子本当に天真爛漫なのかなって思っちゃう。そういうことを思っている自分の性格が悪すぎて辛くなったりします。

西　それがその子が必死で演じたキャラだったら、乗ってあげたいよな。本当の友達で、二人きりのときにじつはしんどいわって言ってくれるならいいけど。

ある男の子に聞いて泣きそうになって一つ短編を書いた話があるの。男の子たちが飲んでいるところに女の子たちが今から来ることになって、たぶん緊張しながら来たんだよね。みんな「こんにちはぁ」って入ってきたんだけど一人の女の子だけ大きな声で「どいてどいてー!!」って言いながら来たんだって。それで男の子たちは全員、「アイツ痛い」ってなって。でもその話をしてくれた男の子は、たぶんその女の子が緊張して無理してサービスでやっているんだろうなと思ってそれに全力で乗ったんだって。それが、優しいなーと。

そういう子に「無理したらあかんで」って言うのも違う。それは言ったらいけない時あるんだよね。本当に仲のいい子にそっと言ってあげられるのはありだと思うけど、そうじゃないならその子の天真爛漫に乗ってあげるというか。

真理恵ちゃんが太陽みたいな子を苦手なのは、この子の暗いところ見つけたらあかんて、気を遣《つか》ってしまったりするからかもしれないな。

早川　そう、見つけちゃだめって思いました。

西　演じるというか、自分がその場で求められていることをするのって優しさでもある。自分勝手だったらあかんから、その線引きが難しいけど。

早川　自分を演じることは思いやりだと『舞台』に書いてあって、そう思うだけで、あ、演じてていいんだって思えました。自分を良く見せるために演じているのかもしれないって思う部分もあるけど……。

西　それは当然！　みんなが良く見せることをやめたら地獄みたいになるよ（笑）。

良く見せたいと思う気持ちの何が悪いのって思う。女の子も「すっぴんです」って言ってSNSに載せる写真が加工されててもええやん、かわいいんやから。「ハイ嘘です」と言うほうが楽だよ。

西　それを同業者が「せこい」みたいに暴露するのは優しくないなーと思う。「頑張ってるな」でいいのに。

早川　「アプリ使ってるんです」でいいですよね。いいアプリあるんだから！（笑）

早川　でもそういう人もそう言わないとならないキャラなんですかね。

西　そうか！　それもその場を盛り上げるために！　そう考えたら優しくなれるよね。

優しくなれるで思い出したけど、ネットに人の悪口を書き込んでいる人たちについてよく考えるんです。その行為はひどいと思うけど、もしかすると、友達がいなくてお金もなくてっていう、そういう人が、なんとか自分の存在を認めるために悪口を書かないと生き延びられないってことなんじゃないかと。世界がぜんぶ敵で、ぜんぶが憎くて仕方ない人がいるんやって。悲しいよね。それってその人も悪いけど、やっぱり社会かなと思う。社会を変えなきゃいけない、そういう人たちに読んでほしいと思って本を書いてます。その人たちに「しんどかってんな」って言いたくて。

ネットに悪口書き込むのってリストカットと一緒で、書き込んでもまったく現状も変わらない。会ったことのない芸能人の悪口を書き込むとか自分がやっているの想像したらぞっとするよね。でもそれをしないと寝られない人がいると思ったら、どれだけ一人ぼっちで、どれだけしんどいんだろうって考えるんです。

早川　そういう人にも西さんの小説読んでほしいですね。

自分の気持ちで景色が変わる

早川　西さんの小説は人に言われたくないところを突いてくる、人に言えなかったところまで書いてくれる。『舞台』は自分でも意識がないくらい心の片隅にあったものが溢れていて不思議な感じでした。そう言うと「え、君って葉太みたいなの」と思われるかもしれないけど（笑）。葉太全然意味わかんない、という人は私と全然違う気持ちで人生歩んでいるんだなと思います。

西　もしかしたら、そう思いたいだけなのかもな。葉太はややこしいやつなんだけど、ややこしいやつがひたむきに生きるチャンスもあると思う。どんな人でも一生懸命生き直すチャンスはあるし、そうやって変わった人の足を引っ張らなくていいと思う。そんなこと思って『舞台』を書きました。

葉太は最初、頑張っている人を醒めた目で見る側にいたんだけど、最後にはお父さんのことも含めて、その頑張りが全然悪くないって思うようにしたかったんです。あれは優しさでやってくれていたんだって、最後にお父さんを認めるようになる。

私は葉太はかわいいと思っていて。財布を取られたシーンでも、追いかければいいのにそれができないところとか。すぐ人に訊かないと、命が危ないかもしれないような場面でもなかなか訊けない、命が懸かるシーンでも自意識が勝《まさ》るという人、いると思うんです。

早川　そういう人にぜひ読んでほしい。読んだらやっぱり楽になる。私がそうでした。気にしていることもあったけど、このごろはこんなふうに、それを人に言えるようになってきた。ちょっとずつ笑い話にできるようになってきたんです。まだ人には言えない部分もあるけど、その部分も受け入れてくれるのがこの『舞台』だと思います。友達に言えなくても西さんの小説を読めば、そういう自分すらちょっと許せるようになるよ、って思います。

西　葉太はこの小説の終わりで、じつは状況は悪くなっているのにすごく楽になっているんですよね。何かが助けてくれるのではなくて、自分の気持ち次第で最初に食べたまずい朝ごはんも美味《おい》しくなる。そういうことは現実にもいっぱいあるんじゃないかな。誰に言われたわけではなく、自分の気持ちで景色が変わるということを、いろいろな小説で書きたいと思っていて『舞台』ではとくにそれが書きたかった。それが言いたかったことです。

本書は、二〇一四年一月に小社より刊行されたものです。

本作中のニューヨークガイドは『地球の歩き方 B06 ニューヨーク 2013~2014年版』(ダイヤモンド・ビッグ社)から転載しました。

|著者|西 加奈子　作家。1977年テヘラン生まれ。カイロ、大阪育ち。2004年『あおい』でデビュー。2007年に『通天閣』で織田作之助賞大賞、2013年に『ふくわらい』で河合隼雄物語賞、2015年に『サラバ！』で直木三十五賞を受賞。ほかの著書に『さくら』『円卓』『漁港の肉子ちゃん』『ふる』『まく子』『i《アイ》』、絵本に『きいろいゾウ』『めだまとやぎ』『きみはうみ』など多数。

舞台《ぶたい》

西《にし》 加奈子《かなこ》

2017年1月13日第1刷発行
2023年7月19日第9刷発行

発行者――鈴木章一
発行所――株式会社 講談社
東京都文京区音羽2-12-21　〒112-8001
電話 出版 (03) 5395-3510
　　 販売 (03) 5395-5817
　　 業務 (03) 5395-3615

Printed in Japan

講談社文庫
定価はカバーに
表示してあります

KODANSHA

デザイン―菊地信義
本文データ制作―講談社デジタル製作
印刷―――株式会社KPSプロダクツ
製本―――株式会社国宝社

ISBN978-4-06-293582-1

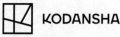

講談社文庫刊行の辞

二十一世紀の到来を目睫に望みながら、われわれはいま、人類史上かつて例を見ない巨大な転換期をむかえようとしている。

世界も、日本も、激動の予兆に対する期待とおののきを内に蔵して、未知の時代に歩み入ろうとしている。このときにあたり、創業の人野間清治の「ナショナル・エデュケイター」への志を現代に甦らせようと意図して、われわれはここに古今の文芸作品はいうまでもなく、ひろく人文・社会・自然の諸科学から東西の名著を網羅する、新しい綜合文庫の発刊を決意した。

激動の転換期はまた断絶の時代である。われわれは戦後二十五年間の出版文化のありかたへの深い反省をこめて、この断絶の時代にあえて人間的な持続を求めようとする。いたずらに浮薄な商業主義のあだ花を追い求めることなく、長期にわたって良書に生命をあたえようとつとめるところにしか、今後の出版文化の真の繁栄はあり得ないと信じるからである。

同時にわれわれはこの綜合文庫の刊行を通じて、人文・社会・自然の諸科学が、結局人間の学にほかならないことを立証しようと願っている。かつて知識とは、「汝自身を知る」ことにつきていた。現代社会の瑣末な情報の氾濫のなかから、力強い知識の源泉を掘り起し、技術文明のただなかに、生きた人間の姿を復活させること。それこそわれわれの切なる希求である。

われわれは権威に盲従せず、俗流に媚びることなく、渾然一体となって日本の「草の根」をかたちづくる若く新しい世代の人々に、心をこめてこの新しい綜合文庫をおくり届けたい。それは知識の泉であるとともに感受性のふるさとであり、もっとも有機的に組織され、社会に開かれた万人のための大学をめざしている。大方の支援と協力を衷心より切望してやまない。

一九七一年七月

野間省一

講談社文庫　目録

濱　嘉之　新装版 院内刑事〈ブラック・メディスン〉
濱　嘉之　院内刑事〈フェイク・レセプト〉
濱　嘉之　院内刑事　ザ・パンデミック
濱　嘉之　院内刑事　シャドウ・ペイシェンツ
濱　嘉之　プライド　警官の宿命
馳　星周　ラフ・アンド・タフ
畠中　恵　アイスクリン強し
畠中　恵　若様組まいる
畠中　恵　若様とロマン
葉室　麟　風渡る
葉室　麟　風の軍師〈黒田官兵衛〉
葉室　麟　星火瞬く
葉室　麟　陽《かげ》炎《ろう》の門
葉室　麟　紫匂う
葉室　麟　山月庵茶会記
葉室　麟　津軽双花
長谷川　卓　嶽《がく》神《じん》〈上・白銀《しろがね》渡り〉〈下・湖底の黄金〉
長谷川　卓　嶽神伝《がくじんでん》　鬼《き》哭《こく》(上)(下)
長谷川　卓　嶽神列伝　逆渡《さかわた》り

長谷川　卓　嶽《がく》神《じん》伝《でん》　血路
長谷川　卓　嶽《がく》神《じん》伝《でん》　死地
長谷川　卓　嶽神伝　風花(上)(下)
原田マハ　夏を喪くす
原田マハ　風のマジム
原田マハ　あなたは、誰かの大切な人
畑野智美　海の見える街
畑野智美　南部芸能事務所 season5 コンビ
早見和真　東京ドーン
はあちゅう　半径5メートルの野望
はあちゅう　通りすがりのあなた
早坂　吝《やぶさか》　○○○○○○○○殺人事件
早坂　吝　虹の歯ブラシ〈上木《かみき》らいち発散〉
早坂　吝　誰も僕を裁けない
早坂　吝　双《そう》蛇《じゃ》密室
浜口倫太郎　22年目の告白〈―私が殺人犯です―〉
浜口倫太郎　廃校先生
浜口倫太郎　AI崩壊
原田伊織　明治維新という過ち〈日本を滅ぼした吉田松陰と長州テロリスト〉

原田伊織　列強の侵略を防いだ幕臣たち〈続・明治維新という過ち〉
原田伊織　虚像の西郷隆盛　虚構の明治150年〈明治維新という過ち・完結編〉
原田伊織　三流の維新　一流の江戸〈明治は「徳川近代」の模倣に過ぎない〉
葉《は》真《ま》中《なか》　顕《あき》　ブラック・ドッグ
原　雄一　宿命〈國松警察庁長官を狙撃した男・捜査完結〉
濱野京子　with you《ウィズユー》
橋爪駿輝　スクロール
平岩弓枝　花嫁の日
平岩弓枝　はやぶさ新八御用旅(一)〈東海道五十三次〉
平岩弓枝　はやぶさ新八御用旅(二)〈中仙道六十九次〉
平岩弓枝　はやぶさ新八御用旅(三)〈日光例幣使道の殺人〉
平岩弓枝　はやぶさ新八御用旅(四)〈北前船の事件〉
平岩弓枝　はやぶさ新八御用旅(五)〈諏訪の妖狐〉
平岩弓枝　はやぶさ新八御用旅(六)〈紅花染め秘帳〉
平岩弓枝　新装版 はやぶさ新八御用帳(一)〈大奥の恋人〉
平岩弓枝　新装版 はやぶさ新八御用帳(二)〈江戸の海賊〉
平岩弓枝　新装版 はやぶさ新八御用帳(三)〈又右衛門の女房〉
平岩弓枝　新装版 はやぶさ新八御用帳(四)〈鬼勘の娘〉
平岩弓枝　新装版 はやぶさ新八御用帳(五)〈御守殿おたき〉

講談社文庫 目録

講談社文庫 目録

2023年3月15日現在